Sympathy for the Traitor: A Translation Manifesto

譯者的難題

9 美國翻譯名家的個工作思考

Mark Polizzotti
馬克・波里佐提——著

方淑惠、賈明——譯

審定序

不當叛徒、鸚鵡或黯淡幽影，我們要當作者

——台大翻譯碩士學位學程專任助理教授　陳榮彬

「翻譯並非發生在語言之間，而是在文化之間。」——馬克．波里佐提

翻譯是「道德的任務，它映照與複製了文學本身的角色，亦即拓展我們的憐憫之心……鞏固並深化我們意識到有其他人、和我們不同的人確實存在，並且也接受這種意識產生的所有後果。」——蘇珊．桑塔格（Susan Sontag）

由於那一句義大利諺語（Traduttore, traditore，「譯者，叛徒也」），多少年

來譯者背負罵名，誠如本書作者馬克・波里佐提開門見山指出，「對某些人而言，翻譯是文學的窮表親，虛有其表的繡花枕頭，是必要之惡，或純然的東施效顰」，此外他還引用小說家納博科夫（Vladimir Nabokov）所說，翻譯就像「鸚鵡喳喳，猴子吱吱／對古人的褻瀆」（儘管納博科夫也曾把自己的小說《羅莉塔》等譯為俄文）。以此為起點，波里佐提展開了一番關於翻譯的精彩論辯，他大量引用翻譯研究理論大家如班雅明（Walter Benjamin）、文努提（Lawrence Venuti）、奈達（Eugene Nida）等人的主張，還有千百年來許許多多關於翻譯的實例，比對不同版本譯文，用來支持自己的論點。

波里佐提的許多主張，當然讓同樣身為譯者（與翻譯研究者）的我心有戚戚焉。其實對我個人來講，這些年來最常思考的問題就是譯者的責任，這是翻譯倫理學的最基本問題。譯者該對誰負責？波里佐提給的答案可說面面俱到，非常具有參考價值：「身為譯者最主要的責任——對讀者、對外國作者、對所翻譯的文本、對產生這文本的文化，以及對自己這個投入工作、謹慎的專業人員——就是竭盡自己的力量，選擇任何最適合的方法，產生新的文本。這個文本具有可信度，能再現原文的獨特性，也能和原文一樣，散發出一樣豐富的生氣，並帶來一樣多的樂趣。否則，怎麼會有人想閱讀？」他也引用蘇珊・桑塔格的說法，翻譯是一種道德責任，譯者要有憐憫之心。簡單來講，波里佐提說，譯者的責任就是「尊重」與「同理」。

波里佐提認為翻譯作品不應是「黯淡的影子、次等麵包」，翻譯也不是「鏡像」，他引用波斯文學經典《魯拜集》（*The Rubaiyat of Omar Khayyam*）英國譯者愛德華・費茲傑羅（Edward FitzGerald）的說法，翻譯必須「確保作品中的生命」，「譯者或多或少必須重新打造出相似度」，「越不像原作就越糟，但活狗還是勝過死獅子」。據此，波里佐提主張，「有生氣的譯文應該被視為是獨立的創作，本身就值得閱讀」，「要交出合格的譯本，比起能抓住原文中所有細微差異，更關鍵的條件是有能力以自己的語言來寫作的才華」。譯者不是學者，或許無法辨識出外語文本的所有細微差異，但譯者要有自己的文采，因為譯者本身就是作者。這是多麼擲地有聲的聲明啊！你可以不同意波里佐提的主張，覺得他這麼說簡直是要鼓勵譯者篡位作者，但任誰都不得不承認這位翻譯過五十幾本法文作品的英文譯者敢於提出這種彰顯譯者主體性（subjectivity）的說法，無論如何都可以讓關於翻譯的論述更為精彩。

最後，波里佐提的一些說法雖然感覺起來比較宗教，比較抽象，但我相信也說到某些譯者的心坎裡了。看起來，要當譯者真是千難萬難啊！但譯者至少該達到什麼目標呢？他的說法聽起來有點像是懺悔錄，像是告白：「盡量把後悔降到最低，是譯者永遠在追求的聖杯。雖然很少發生，但理想的狀態是，重新閱讀自己幾年前翻譯的東西時，找不到非得修正的段落。」雖說實際上「找不到非得修正的段落」並不可能，但我想譯者就是該盡力而為吧？另外，譯文要傳達的不只是意義，比意義更重要的是「氣氛，也就是班雅明所說的光芒，能告訴完全不懂原文的讀者，他們手上的東西是真實的、是重現的」。這又有點像中國翻譯大家傅雷所說的，「譯事基本法門。第一要求將原作（連同思想、感情、氣氛、情調等等）化為我有，方能談到迻譯。」

翻譯是一種幾乎跟語言本身一樣悠久的語言活動。自從這地球上有兩種不同語言的人接觸，就有翻譯的存在了吧？因為歷史悠久，翻譯史上有太多精彩的論辯，有太多有趣的翻譯案例可以討論，我想透過這本書我們至少能夠一窺翻譯的部分基本議題，而且也能初步了解譯者有多難為，處境有多尷尬。我完全同意波里佐提為這本書取的英文書名：*Sympathy for the Traitor: A Translation Manifesto*——或可直譯為「同情叛徒」或「為叛徒說情」，可見有時譯者並非為叛而叛，而是有許多苦衷，需要諸多同情的理解。看完這本書之後，就算我們不能為譯者鼓掌叫好，但至少應該也可以多給一點肯定吧？

推薦序

誰解譯者辛酸淚

——師大翻譯研究所教授　賴慈芸

隨便找一位有經驗的文學譯者，她或他都可以列舉一堆類似的困境：忠實原文會讓譯文難懂又難看；笑話譯出來不好笑；原文的典故和比喻太陌生了，要直接刪掉還是費力加注？更別說雙關語、頭韻、字謎、自創字、方言、不標準的發音用法（像是美國人說的不標準西班牙語）等等。更辛酸的是，這樣苦心翻譯出來的作品，批評者還是隨時可以攤開原文，伸出手來指指點點：這裡少一句、這個比喻不見了、該押韻的沒押、這句不到味。

但這本書的重點不只是譯者同行間的相互打氣取暖，更是呼籲讀者：不要再挑我們的錯了，欣賞我們的好處吧！就像畫家林風眠說的，「畫鳥只像鳥，那又何必畫呢？」我們欣賞梵谷的向日葵，也不是因為他「畫得好像」。也就是說，文學翻譯是一種藝術，風格才是決勝點。龐德翻譯〈長干行〉時，把「八月蝴蝶黃」翻成“The paired butterflies are already yellow with August”，好像蝴蝶像楓葉一樣會變色似的，八月也不是August。但他接下來的那句“They hurt me. I grow older.”真是千古名句，比「感此傷妾心，坐愁紅顏老」更顯嬌憨，像足十六歲少婦的口吻。葉維廉的“These smite my heart. I sit down worrying and youth passes away.”當然挑不出毛病，但我還是喜歡龐德。

當然，這本書是法英譯者寫的，裡面提的都是歐洲例子，許多歐洲翻譯史上赫赫有名的譯者我們未必熟悉。但只要把那一串人名換成鳩摩羅什、林紓、伍光建、傅東華，道理也是差不多的：真正能在譯史上流芳百世的，其實都不是太忠實的譯者，而是個人風格突出的藝術家。鳩摩羅什和玄奘的「六如和九喻」就是翻譯史上的有名例子：鳩摩羅什的「一切有為法，如夢幻泡影，如露亦如電，應作如是觀」被後輩玄奘批評為不夠完整，他照原文把九種比喻全數翻譯出來：「一切有為法，如星翳燈幻，露泡夢電雲，應作如是觀。」雖然玄奘的譯法比較忠實，但鳩摩羅什的更美，更符合中文節奏感（雖然他的母語不是中文），易於背誦，所以也更流行。傅東華的《飄》把郝家、衛家、韓家幾個名門大戶間的愛恨情仇翻得層次分明，煞是好看，但其實不少地方他嫌原作囉唆，自己剪裁過了，後來許多譯者認真加回去，卻始終撼動不了傅東華的譯本地位。這些例子告訴我們：譯者要想在江湖成名立萬，就不能只想著忠實原文，連提出「信達雅」三難的嚴復都改很大。

稍微學術一點，就要提到文努提倡議的異化策略了。文努提認為英語讀者本來就對「英語以外的文化」相當無知，如果譯者再用歸化的翻譯策略討好他們，把其他語言的文學都翻得像英語文學，只會讓讀者更無法理解異文化。但本書作者認為這只是「純學術的廢話」，難讀的書就是乏人問津，好看才是硬道理。我完全贊成。前些年文努提的異化主張在台灣學界也頗流行，我就與同學說笑：我們中文已經做過異化實驗快百年了，結果如何？從魯迅的「寧信而不順」開始，我們不正是兢兢業業地遵行文努提倡議的異化路線嗎？但對英美文化的熟悉是世界局勢所致，直譯的翻譯策略可能沒幫上太多忙，倒是把中文弄壞了。到頭來中文的劣化、惡化，還不是又怪到譯者頭上。反正怎麼做都有人會罵，不如看開一點，好好享受與作者角力的親密時光，努力翻譯出自己喜歡的書吧！

目次

獻給潔姬

謝誌

本書受惠於過去幾位讀者的銳眼嚴格檢視，他們的洞見讓這本作品更為精進，其中貢獻最大的人包括：班・道寧（Ben Downing）、潔姬・柯里斯・哈維（Jacky Colliss Harvey）、威廉・羅達摩爾（William Rodarmor）、達米安・希爾斯（Damion Searls）以及雪碧・文森（Shelby Vincent）。在此向他們致上最高的謝意。

感謝先前刊登本書部分章節內容的期刊編輯，包括《帕納蘇斯》文學雜誌（*Parnassus*）的賀伯・萊伯威茲（Herb Leibowitz）、《新俄亥俄評論》（*New Ohio Review*）的吉兒・羅瑟爾（Jill Rosser），以及《翻譯評論》（*Translation Review*）的雷納・舒爾特（Rainer Schulte）。也感謝德州大學達拉斯分校翻譯研究中心副主任查爾斯・哈特菲爾德（Charles Hatfield）、田納西大學創意寫作課程主任瑪莉琳・凱勒特（Marilyn Kallet），以及詩人兼翻譯克萊頓・埃斯勒門（Clayton Eshleman），他在南加大擔任客座教授期間，讓我有機會在該校的研究所研討會中實踐我的一些想法。

感謝我在麻省理工學院出版社（MIT Press）的編輯兼同為譯者的馬克・羅文索爾（Marc Lowenthal），他是本書的責任編輯，同時也在成書的各個階段提供建議，也感謝製作編輯瑪西・羅斯（Marcy Ross）與文字編輯大衛・希爾（David Hill）幫忙將文字編輯成書。

感謝各方親友與同事這些年來透過他們的文章、思維、指導和談話為我提供靈感，協助形塑我的想法，尤其是艾絲特・艾倫（Esther Allen）、哈洛德・奧根布勞姆（Harold Augenbraum）、大衛・貝洛斯（David Bellos）、瑞佳・蕾瑟（Rika Lesser）、榮恩・派吉特（Ron Padgett）、崔弗・溫克菲爾德（Trevor Winkfield）、比爾・柴華斯基（Bill Zavatsky）。

感謝我的父母馬力歐與葛蕾斯・波里佐提多年來的支持與鼓勵；感謝我兒子

亞歷克斯・波里佐提從出書計畫展開之初便滿懷好奇心，也感謝我的另一半潔姬・柯里斯・哈維以無比的優雅反覆聆聽這個出書計畫，並提供我迫切需要的安慰。

最後我永遠感激最初（無意中）讓我踏上翻譯之路的兩位法國作家尚―路易・布斯（Jean-Louis Bouttes）與莫里斯・霍許（Maurice Roche），而我也從未後悔當初所做的選擇。

前言

基本原則

對某些人而言，翻譯是文學的窮表親，虛有其表的繡花枕頭，是必要之惡，或純然的東施效顰。但也有人認為，翻譯是跨文化理解及豐富文學涵養的捷徑。翻譯遊走在藝術與技藝、原創與複製、利他與商業，甚至是傑作與劣作的邊界。納博科夫（Vladimir Nabokov[1]，他本身也是著名的翻譯家）將翻譯貶為：「鸚鵡喳喳，猴子吱吱，／對古人的褻瀆。」而如艾茲拉・龐德（Ezra Pound）[2]、薩謬爾・貝克特（Samuel Backett）[3]、羅伯特・羅厄爾（Robert Lowell）[4]、伊莉莎白・畢許（Elizabeth Bishop）[5]、王紅公（Kenneth Rexroth）[6]、泰德・休斯（Ted Hughes）[7]、約翰・艾希伯里（John Ashbery）[8]、莉迪亞・戴維斯（Lydia Davis）[9]、及哈里・馬修斯（Harry Mathews）[10]等作家——更別提波特萊爾（Charles

Baudelaire）[11]、波赫士（Jorge Luis Borges）[12]、曼德爾施塔姆（Osip Mandelstam）[13]、帕斯傑爾納克（Boris Pasternak）[14]、保羅・策蘭（Paul Celan）[15]、帕韋澤（Cesare Pavese）[16]、博納富瓦（Yves Bonnefoy）[17]、村上春樹[18]及漢德克（Peter Handke）[19]等人——都曾翻譯出本身堪稱文學經典的譯作。在這個千里滑鼠一鍵連的時代，博拉紐（Roberto Bolaño）[20]、諾斯加德（Karl Ove Knausgaard）[21]、莫迪亞諾（Patrick Modiano）[22]、費蘭特（Elena Ferrante）[23]、史迪格・拉森（Stieg Larsson）[24]、利斯佩克托（Clarice Lispector）[25]、安伯托・艾可（Umberto Eco）[26]及莒哈絲（Marguerite Duras）[27]等作家，都成為美國文壇上舉足輕重的人物；雖然翻譯的重要性越來越受到認可，但令人驚奇的是大家對翻譯仍有許多誤解。

本書一開始先回應這些誤解，以及越見抽象的翻譯研究相關論述。我的目標如下：讓討論趨向於建設性；過去許多世紀以降文學、語言學及語文學研究已導致翻譯毀譽參半，因此我想讓翻譯重獲應有的評估；也分享我多年來翻譯五十多本譯作所遭遇的一些問題及解決方法；並提高讀者的敏感度，包括對翻譯了解甚深而感興趣的讀者，以及對翻譯幾乎一無所知的讀者，不僅讓他們了解翻譯包含的許多元素與挑戰，也體會翻譯的核心重要性。事實上，我們對語言的使用、對周遭世界的想法與建構、我們看的新聞報導、研讀的經典名著，都能說是某種形式的翻譯。少了翻譯，我們的知識會遠比現在少，也不會有如今我們視為理所當然，且形成我們「民族」文化基礎的許多文本，對於自身在廣大人類洪流中的定位也會更為狹隘且孤立。更重要的是，我希望能大致說明翻譯的藝術與技藝，讓讀者不要將翻譯當成有待解決的問題，而是（將翻譯佳作）視為值得讚許的成就，或如同歌德在寫給湯瑪斯．卡萊爾（Thomas Carlyle）[28]的信中那句令人難忘的話，是「世上眾人普遍認為最繁重又最值得做的事情之一。」[29]

我的目標不在提供明確的答案——也認為根本不可能會有明確的答案——而是希望讓大家更明白主要的問題，包括翻譯的最終目的為何？如何判斷譯文「忠實」或「不忠實」，這些判斷標準又有多實用？對於讀者及原文，譯者該承擔的道德責任為何？翻譯是否必然會有所「失」，會不會也有所得？翻譯能否及應否改進原文？某些譯本可以成為佳作，但某些譯本則淪為劣作，其中的差異為何？最後，翻譯是否重要，如果是，原因為何？

目前已經有許多探討翻譯史的著作，而這本簡單的研究作品並不打算加入這個行列，不過書中的確有一章概略探討了某段特定的翻譯歷史。同樣的，本書也不考慮作品改編為其他媒體版本的情況，例如《大亨小傳》（*The Great Gatsby*）改編成流行歌曲，或《追憶似水年華》（*À la recherché du temps perdu*）改編為圖像小說。將這些作品視為某種形式的翻譯——一如羅曼．雅各布森（Roman Jakobson）的論點——也會導致讀者偏離我原本的重點。光是嚴格語言意義下的翻譯就已經夠複雜了。

我也在此另外聲明，如果期望在本書看到眩目嶄新的理論，大可不必再看下去了：翻譯理論已經俯拾即是，有些理論告訴譯者該做什麼，有些則是說什麼不能做（更別提還有純粹艱深晦澀的理論），我不打算跟著湊熱鬧。讀者不妨將本書當成「反理論」，或單純的常識探討。我知道常識不如極端的主張來得刺激有趣。但在看過一些極端的主張後，我發現在探討翻譯是什麼——或者像翻譯家大衛．貝洛斯所說，翻譯在**做**什麼——的時候，這些極端的看法都派不上用場，甚至很多看法連刺激有趣的腦筋急轉彎都不是。

我的目標是要鼓勵讀者從不同的角度思考翻譯，並建議讀者不要只看譯文，也要思考翻譯這個行為。請將本書當成一份手冊及宣言——是從務實、哲學、歷史、道德、抱負、表現、經濟、實務、論證、質詢，以及我相信絕對不新穎的立場，對翻譯的定義與功用做一場大膽而武斷的檢驗。為避免讀者困惑，我先聲明書中所舉的實例及問題大多來自英語系環境，而且通常是北美地區，而書中所指的**翻譯**，主要是文學翻譯的簡稱，不過我也從其他領域摘錄合適的例子。雖然許多例子都是我個人從事法文翻譯時的經驗，但這些例子說明的要點也適用於其他語言。

接下來的討論主要都包含兩大基本原則。第一個原則是，譯者本身就是有創意的高手，與原文作者地位相當，彼此間是合作的關係。知名西班牙文譯者古格里・拉巴薩（Gregory Rabassa）便認定譯者是「最理想的作家，因為他只需要寫作就好；情節、主題、角色，以及其他各項重要元素都已經有人提供，他只要坐下來拚命寫作就好。」[30]雖然這絕非眾所認同的譯者立場，但透過這個角度可以有效判斷翻譯的重要性、責任及限制。第二原則就是翻譯是一種**實踐**。雖然有許多絕佳的理論研究方法可用於探討翻譯這個主題，但我相信最重要的還是最終成果，也就是翻譯活動的結果。

我在四十年現役譯者的生涯中接觸過各式各樣的文本，從實驗小說（當時初出茅廬的我因為懵懂無知才接下這種案子）到通俗恐怖小說，從哲學書到技術手冊，自傳到詩集，美術史到政治分析等等。我遇過若干挑戰，也有幾次純粹走運的情況。而我從這些翻譯案子中學到的經驗就是，雖然某些基本問題一再出現——這些問題和語調、翻譯方法、讀者屬性、必須注意的指謫，以及譯者自由的限度有關——但答案幾乎都是因案子而異。每接到一本新書都需要根據這本書重新思考眼前的問題，而且雖然某些原則可能有用，但任何理論或教條都無法取代譯者掌握原文本身的意思、擬定合適的翻譯策略等功課。換句話說，儘管從古至今已有許多評論家提出各項主張，但並無一體適用的神奇妙法。就像所有的寫作一樣，法則都是在制定後被打破，然後再制定；每一個新案子我們都必須從頭來過。翻譯的基本原則，或許就是根本沒有基本原則。

1 一八九九～一九七七，俄裔美國作家，同時也是二十世紀傑出文體家、批評家、譯者、詩人、教授，以及鱗翅目昆蟲學家。在流亡時期創作了大量俄語小說，但真正使他享譽國際的是他以英語完成的小說《羅莉塔》（*Lolita*）。譯有俄文版《愛麗絲夢遊仙境》、英文版俄國詩人普希金詩歌《葉夫蓋尼．奧涅金》（*Eugene Onegin*）等作品。

2 一八八五～一九七二，美國著名詩人、文學家，意象主義詩歌主要代表人物。亦為熱中介紹中國古典詩歌和哲學的譯者，曾改編並翻譯中國古典詩歌選集《華夏集》，還有《詩經》、《論語》等儒家經典。

3 一九〇六～一九八九，愛爾蘭作家，諾貝爾文學獎得主。長期旅居巴黎，同時以英語和法語創作，領域包括戲劇、小說和詩歌，尤以戲劇成就最高。他是荒誕派戲劇的重要代表人物，《等待果陀》是他最為人知的戲劇作品之一。譯有法國作家布勒東（André Breton）《什麼是超現實主義？》（*What Is Surrealism? Selected Essays*）等作品。

4 一九一七～一九七七，美國詩人。曾將里爾克（Rainer Maria Rilke）、蒙塔萊（Eugenio Montale）、波特萊爾、韓波（Jean Nicolas Arthur Rimbaud）等多位歐洲詩人的作品譯成英文。

5 一九一一～一九七九，美國女桂冠詩人，代表作為獲得普立茲獎的《詩集：北方和南方——一個寒冷的春天》（*Poems: North & South. A Cold Spring*）。深受如墨西哥詩人帕斯（Octavio Paz）、巴西詩人聶托（João Cabral de Melo Neto）與安德拉戴（Carlos Drummond de Andrade）等拉丁美洲詩人影響，並曾將他們的作品譯成英文。

6 一九〇五～一九八二，美國詩人、譯者與評論家。他是最早開始接觸日本傳統文學，例如俳句的美國作家之一，亦喜愛中國文學，也是「舊金山文藝復興運動」的主要領導者。譯有日本女詩人白石嘉壽子、宋代女詩人李清照等人的作品。

7 一九三〇～一九九八，英國桂冠詩人、譯者和兒童文學作家，妻子為美國著名女詩人普拉斯（Sylvia Plath）。譯有德國劇作家維德金（Frank Wedekind）、西班牙作家洛加（Federico García Lorca）、法國劇作家拉辛（Jean Racine）等多位歐洲作家的作品。

8 一九二七～二〇一七，美國詩人與藝評家。曾出版超過二十卷詩集，贏得美國幾乎所有主要詩歌獎項，其中《凸面鏡中的自畫像》（*Self-portrait in a Convex Mirror*）曾獲普立茲獎。譯有法國文學評論家梅約（Jean-Jacques Mayoux）等人的作品。

9 一九四七～，美國作家，平時也從事法語英譯工作，譯有普魯斯特的《追憶逝水年華》與福樓拜的《包法利夫人》等法語小說新譯本。

10 一九三〇～二〇一七，美國作家與法文譯者。與好友法國小說家喬治．培瑞克（Georges Perec）曾互相翻譯彼此的作品。

11 一八二一～一八六七，法國詩人及藝術評論家，法國象徵主義和散文詩先驅，最知名的作品為詩集《惡之華》（*Les fleurs du mal*）與《巴黎的憂鬱》（*Le Spleen De Paris*）。曾翻譯美國作家愛倫．坡的許多作品。

12 一八九九～一九八六，阿根廷作家、詩人、譯者，國際文壇公認為最具分量的拉丁美洲文學大師。他能將原文為英語、法語、德語、古英語及古北歐語的作品譯成西班牙文，在九歲時便已完成第一部翻譯作品，即王爾德的《快樂王子》（*The Happy Prince*）。曾翻譯比爾斯（Ambrose Bierce）、福克納、紀德（André Gide）、赫塞、卡夫卡、吉卜林、愛倫．坡、惠特曼、吳爾芙等人的作品。

13 一八九一～一九三八，蘇聯詩人、評論家，二十世紀俄羅斯最重要詩人之一。曾將多部英文作品譯成俄文。

14 一八六〇～一九六〇，蘇聯詩人、小說家、諾貝爾文學獎得主，以小說《齊瓦哥醫生》聞名於世。譯有歌德、席勒（Friedrich Schiller）、西班牙作家巴爾卡（Calderón de la Barca）與莎士比亞等人的作品，至今仍受到俄文讀者喜愛。

15 一九二〇～一九七〇，法國籍猶太詩人、譯者。不僅將俄國文學譯成羅馬尼亞文，也將羅馬尼亞文、法文、西班牙文、葡萄牙文、義大利文、俄文、希伯萊文與英文作品翻譯成德文。譯過莎士比亞、波特萊爾、布勒東、狄金森（Emily Dickinson）、佛洛斯特（Robert Frost）等數十位文壇大家的作品。

16 一九〇八～一九五〇，義大利詩人、小說家、文學評論家和譯者。年輕時便特別喜愛英語文學，就讀杜林大學時更以美國詩人惠特曼的作品為研究主題。他便是在此時期致力將英美經典文學譯介給義大利文讀者。

17 一九二三～二〇一六，法國詩人、藝術史家。譯有多部翻譯作品，主要為莎士比亞劇作。

18 一九四九～，日本小說家、翻譯家。曾翻譯多位文學名家的作品，亦曾積極參與自己的小說英譯工作，鼓勵調整譯文而非直譯，以符合英語讀者閱讀習慣。

19 一九四二～，奧地利作家、詩人、小說家、劇作家、譯者、電影導演、諾貝爾文學獎得主。代表作包括話劇《冒犯觀眾》、小說《守門員的焦慮》和電影劇本《歧路》、《柏林蒼穹下》。

20 一九五三～二〇〇三，智利小說家、詩人。知名作品有《荒野偵探》、《*2666*》等。

21 一九六八～，挪威作家，以六本自傳體小說《我的鬥爭》（*My Struggle*）享譽國際。

22 一九四五～，法國小說家、諾貝爾文學獎得主。著有《環城大道》、《戴眼鏡的女孩》、《暗店街》等書。

23 一九四三～，義大利小說家，代表作品為「那不勒斯四部曲」（The Neapolitan Novels）。

24 一九四五～二〇〇四，瑞典犯罪小說作家，其「千禧系列」小說在其過世後售出超過四十七國版權、轟動全球。

25 一九二〇～一九七七，巴西猶太裔女作家。一九四三年發表的第一部長篇小說《*Perto do Coração Selvagem*》運用意識流手法創作，轟動巴西文壇。

26 一九三二～二〇一六，義大利權威符號學家、哲學家、歷史學家、文學評論家，兼小說家。著有《玫瑰的名字》、《傅科擺》等多本小說。

27 一九一四～一九九六，二十世紀最有影響力、最富魅力與個性的法國女作家。作品包括四十多部小說和十多部劇本，多次被改編成電影，如《廣島之戀》、《情人》。

28 一七九五～一八八一，蘇格蘭評論家、諷刺作家、歷史學家。他的作品在維多利亞時代甚具影響力，代表作有《英雄與英雄崇拜》、《法國革命史》、《衣裳哲學》、《過去與現在》。

29 原注：Johann Wolfgang von Goethe, letter of July 20, 1827, *Correspondence Between Goethe and Carlyle*, ed. Charles Eliot Norton (London: Macmillan, 1887), 26.

30 原注：Gregory Rabassa, *If This Be Treason: Translation and Its Dyscontents* (New York: New Directions, 2006), 8.

第一章

翻譯可能嗎（以及它究竟是什麼）？

從最基本的角度來說，譯者的工作可以定義為：把某語言寫成的文本低調地再創作為另一種語言。這句話的關鍵詞就在於**低調**，表達出假定的理想情境，就是另一位作家雖然使用不同的文字，但原作者的本意仍能透過這位作家的轉換完整呈現。當然，有些譯作因此而出名，包括愛德華・費茲傑羅（Edward FitzGerald）[1]翻譯的《魯拜集》（*Rubáiyát*），以及龐德翻譯的《華夏集》；而赫赫有名的譯者，如康絲坦斯・加內特（Constance Garnett）[2]、雷夫・曼海姆（Ralph Manheim）[3]、威廉・韋弗（William Weaver）[4]、伊迪絲・格羅斯曼（Edith Grossman）[5]、拉巴薩、安・戈爾茨坦（Ann Goldstein）[6]、琳達・柯佛黛爾（Linda Coverdale）[7]及理查・霍華德（Richard Howard）[8]等人，他們的名氣有時甚至勝過作者。但大多數時候，除了對觀察力敏銳的少數人外，在翻譯界辛勤筆耕的人不論本身多麼才華洋溢，在多數人眼中都是隱形人，只能默默隱藏自己，準備隨時提供服務，就像社交聚會中的服務生。[9]

然而，翻譯工作其實並不如想像中來得低調。事實上，綜觀古今，某些極為著名且譯筆優美的譯作之所以聲名大噪，正是因為讀者可以從字裡行間看到與感受到譯者的個性。再創作他人的文本（如果你正好是貝克特或納博科夫，甚至可能再創作的是自己的文本），重點並不在於將原文逐行翻譯——像拼湊方塊地毯一般，用意思最相近的字詞一一取代原文——而在於要傳達字裡行間的意思，因此需要一定程度的解讀，更別提表現的手法。不論是將某句諺語、某種文化背景、某段歷史及大眾假設看似天衣無縫地轉換成另一種語言，或是譯筆流暢的敘述性文句或自然順暢的對話內容，都是譯者權衡多種選擇、反覆斟酌措辭後的產物。想要讓譯文看來渾然天成是很困難的；相反的，如果可以看出譯者翻譯時做了很多決策，運用了非常多技巧，那反而是笨拙或者比較直接了當的翻譯作品。好的譯者就像他們為其操刀的好作家，運用適當的創造力與表達能力來呈現作品。譯者往往必須面對一些重要的細節，例如用沒有陰性、陽性名詞之分的語言來表達另一個語言中的陰性或陽性名詞，也常常必須面對許多方法上、哲學上，甚至是道德上的選擇，包括如何「順暢」轉換語言的抉擇。

現在來探討本章第一句話裡的另一項假設：翻譯的目的就是用另一種語言複製出作者在原文中的意思。第一個問題在於定義詞義。「作者所說的」是否是字面的意思？弦外之音為何？對讀者的影響？有何文化、語言或歷史上的關聯？語言是否響亮？還是以上各項因素都有關係？語意的傳達是發生在文字層面？文句層面？還是段落層面？譯者要如何傳達這一切，尤其翻譯的過程就像是在語言樹上兩根可能相距甚遠的樹枝間跳躍？正如以上問題顯示，最理想的翻譯絕對不是機械式的活動，而是不斷評估各項重點，由譯者梳理既有資源並加以運用，就像方法派演員運用自己的經驗，可靠地替原作者發聲。

更不用說，並不是所有的翻譯都需要深入研究或運用繁複的修辭技巧。有些作品可以輕鬆簡單地轉換成另一種語言。但多數文本，即使是表面上「簡單」的文本，也必須經過多次的嘗試、錯誤與修正，甚至是創新，才能產出成功的譯文，原因在於有時「目標」或「譯入」語正好缺乏與原文對等的詞語或概念，因此譯者必須採用迂迴的方式解決問題。（此外，有一種常見的矛盾情況就是，最簡單的文本反而才是最大的挑戰。耶魯大學法文系主任愛麗絲・卡普蘭（Alice Kaplan）曾說：「簡單的散文才會顯露出譯者的功力，就像簡單的鋼琴旋律反而更難演奏。」）[10]

而更重要的是，影響譯文整個特質的重點，就在於譯者到底該隨時忠於原文或「譯出語」文本，還是要在譯入語有時與原文衝突，顧及譯入語的再創造需求。忠於原文的棘手問題讓譯者分裂為兩派：一派主張嚴守作者的意思與形式、語法和慣用語特性，即使與譯入語的習慣有所衝突也在所不惜；另一派則認為譯文對讀者所產生的效果，應該與原文所產生的相同，因此有時必須偏離原文嚴格的限制，以便保留原文的精神或「神韻」。

字面翻譯與自由翻譯之爭[11]，幾乎與翻譯本身的歷史一樣久遠。在第一個千禧年來臨之際，抒情詩人賀拉斯（Horace）[12]已經叮囑譯者「不要逐字翻譯」（約翰・丁能爵士〔Sir John Denham〕[13]也在一六四八年附和這個想法，讚譽某譯文拒絕踏上「屈從的路徑……／採用逐字、逐行翻譯」）。大約與賀拉斯同時期的雄辯家西塞羅（Cicero）[14]也針對講稿的翻譯提出以下看法：「我不認為需要逐字翻譯，但我保留了原文的力道與韻味。」五個世紀後，羅馬政治家及哲學家波埃修斯（Boethius）[15]卻採取了相反的方針，主張嚴格的字面翻譯，認為「未受篡改的真相」遠比「通順優美的風格」重要。[16]

而那些書寫、推廣或出版譯作的人所提出的主張，讓情況更加混亂。在學者的眼中，翻譯主要是用於教育的工具，他們嚴守波埃修斯的原則，堅持字對字的對等翻譯，並譴責追求譯文優美的行為（波埃修斯本身主要關切的是哲學文本及其確切的意涵）。但其他人又有不同的優先考量。例如，羅馬人便毫不遲疑地恣意修改希臘演說文，以符合理想拉丁文的規範，因為他們主要將這些演說當成羅馬演說家的典範，並用於豐富本國文學的內容（在羅馬人稱霸的世界裡，即便希臘人也幫助推廣這一種改寫希臘講詞的風潮）。[17]近幾世紀，常有譯者因為看某個段落不順眼，於是為了市場接受度或個人癖好而刪改原文，如今出版社也時常修飾任何看起來過於陌生的敘述，以便讓讀者更容易理解書籍內容。這種原文譯文互不見容的情況，以及其所帶來的改寫和妥協，都會導致後續對於翻譯是否「可能」這點，產生許多令人疲憊卻又沒完沒了的爭論。

翻譯可不可能，原文在翻譯過程中「遺落」到什麼程度、遺落多少，以及上述問題究竟什麼意思，早從人類語言誕生，或者至少從人類發現他們有不只一種語言可以運用之後，譯者和譯評家就不斷從實務層面討論這些問題。多年來，不僅是許多學者，甚至連現役的譯者，都竭盡所能地將翻譯貶為徒勞無功的蠢事，從他們談論翻譯時的自貶語氣就能判斷出來。以事實論[18]的角度來看，當然翻譯是可能的——每天在各種脈絡中都會發生翻譯。艾可曾說過：「所有合理、嚴格的語言理論，都顯示完美的譯文只是遙不可及的夢想。儘管如此，人們還是會翻譯。」[19]

不過，若以為譯文的讀者能完全體會原文，或認為不論是讀何種譯本，原文和譯文之間都不會有落差——**落差**而非**遺落**，那就太過理想主義了。重點在於我們是將翻譯當成實際的結果，還是無法實現的理想。如果是後者，那麼翻譯本質上無可避免的缺點就會讓整個過程看似徒勞無功。（然而寫作不也是這麼一回事嗎？）西班牙哲學家奧特嘉．伊．加賽特（Ortega y Gasset）表示，雖然翻譯無疑是「空想」，但這只是因為「人類所做的每件事都是空想」。法國哲學家保羅．利科（Paul Ricoeur）希望能解開這個難題，因此很明確地將翻譯比喻成悲悼的工作，建議我們進入接受的階段，並徹底「放棄完美翻譯的理想」。[20]

我在翻譯法國小說家莫迪亞諾的作品時，由於他的行文乍看屬於平鋪直敘的風格，因此我試著汲取他的感性，內化他作品的結構、情節、性格描述、句法、韻律——莫迪亞諾在寫作過程中所運用的各項元素——以便讓他的英語讀者擁有與法語讀者相同的閱讀感受。可想而知，這根本是痴人說夢。

原因之一，正如我們所知，語言並不只是一堆字義與文法規則，而是會受到其他因素影響，包括歷史、文化、用法、文學傳統、政治、偶發事件，甚至連最近發生的名人醜聞這種瘋狂的事情，而讓文字和詞彙本身產生共鳴、潛在意義，而且往往會隨著時間演變。幾世紀以來，從赫爾德（Johann Gottfried Herder）[21]到洪堡（Wilhelm von Humboldt）[22]，從柯立芝（Samuel Taylor Coleridge）[23]到沙皮爾（Edward Sapir）[24]，從維根斯坦（Ludwig Wittgenstein）[25]到班傑明．李．

吳爾夫（Benjamin Lee Whorf）[26]，文化與語言、思考模式與語言、感知想法與語言、民族特性與語言的相互作用，一直是語言學理論的骨幹。要提醒我們一個民族的文學型態與本質都是由周遭的語言形塑而成，我們只需要重申最明顯的事實。「不論有意或無意，」喬治・史坦納（George Steiner）[27]寫道，「人類所有的溝通行為，都是以一個複雜、分散的架構為依據，就像是一株在看不見的地方深深扎根的植物，或像是一座有一大部分沉在水中的冰山。」[28]

原因之二，或許也是更重要的一點是，經過翻譯的文本是一種合作的結果。這個文本已經與原文不同，是必要的重新詮釋，是第二位作家解讀第一位作家的句子後再創作的結果。換句話說，這勢必是主觀的過程，也因此我所說的莫迪亞諾的英語讀者，其實是指**我們**的讀者，包括他的讀者及我的讀者。（此外，許多情況下還有第三位作家插手，也就是文字編輯，他負責修改譯者的譯文，也進一步改變了文本在譯入語中的表現。）雖然我不想承認，但我翻譯的莫迪亞諾譯作，不會比芭芭拉・萊特（Barbara Wright）、喬安娜・基爾馬汀（Joanna Kilmartin）、達米安・希爾斯（Damion Searls），或其他莫迪亞諾作品的譯者所翻譯的譯作還要純「莫迪亞諾」。我們每位譯者都成功（程度各異）將莫迪亞諾的聲音轉為英文；而在這個過程中，我們每位譯者也勢必在這個聲音中加入了一點自己的音調。

可以說這種在客觀事實（也就是需要翻譯的文本）與主觀詮釋（某位譯者的譯文）之間不斷變動的平衡狀態，才讓人們一直深信翻譯本質上根本不可能。這個觀點的立論依據，便是語言只是傳達資訊的載體，或如貝洛斯所說，「是想要相信文字是萬物名稱的本質（儘管所有證據都指向並非如此）。」[29]貝洛斯認為這種觀點可以追溯至〈創世紀〉，其中記載亞當替「所有生物」命名——但也衍生出另一個問題，就是亞當如何替黃昏時出現於巴黎天際的某種藍色（或稱為靛藍或蔚藍色），或此時可能出現的憂鬱感受（或稱為傷感、陰沉）命名。這個說法也無法解釋為何即使像「狗」這種原本很簡單的名詞，就算所指的是同樣的物種，在不同文化中也會引發不同的感受。最後，這個觀點也忽略了一個事實，就是身為譯者，將chien這個法文字譯為dog（狗）、hound（獵犬）、cur（惡犬）、pooch（雜種狗）、canine（犬）或mutt（混種狗），都會改變英文譯句給人的感受，而我的工作之一就是要決定上述哪一個用詞最適合某個文章脈絡。語言的目的並不全在於命名。語言真正的意義往往在於字裡行間，在文字、聯想及隱藏參照的特定安排下產生的律動中。這就是理想情況下文學的作用，也是翻譯能達到的效果。

但或許更重要的是，翻譯不可能的觀點完全是以我們如何閱讀文學作品的整體概念為依據，因此自然而然讓人認為，另一種語言和文化無法準確地複製某個作品單一、不可改變的閱讀經驗。然而，事實上即使在相同的文化中，閱讀本身也是主觀且主動的過程。每個讀者就像每位譯者，在體驗作者作品的過程中，都會因為誤解、不注意、個人偏見或其他任何因素，而「遺落」了一些東西，但同時也會賦予作品一些其他人無法給予的東西。即使沒有伴隨原作品而來的附加干擾，例如重量級的讚譽、成功的行銷或負面爭議，我們依舊不可能知道目標讀者會對譯文有何反應，因為我們也不會知道原文讀者過去或將來每次閱讀原作時會如何反應。我們不應該將原文視為定義明確且龐大的整體，認為其永遠無法充分複製，而是要將原文想像成一個總是處於變動的能量區，永遠傾向接受不同的同化與解讀，如此一來我們才更能了解，翻譯作品就像任何溝通行為，不僅可能而且還有多變的面向。

即便接受翻譯嚴格來講是可能的，翻譯在文學階級中的定位也有待討論。原文的陰影「就像一道無生命的阻礙」[30]，遮蔽了譯文的所有光彩。原文與譯文的界線一直是翻譯理論與評論認定的不變常數之一，就像兩個敵對國家嚴守的前線，幾乎鮮少有人進犯。然而，這條照理說不可侵犯的界線並非永恆的真理：幾世紀以來，從盜用希臘文學的羅馬人，到任意引用及改寫異國作品的喬叟與莎士比亞，所謂的原作往往摻入了大量的外語文本，或甚至併吞了整個外語文本。*然而，情況大約在十七世紀初期開始轉變。不僅開始明確劃分原文與譯文的界線，也建立起原文不可侵犯的威權地位。

造成這種轉變的原因之一便是科技：印刷技術與印刷書籍的興起凸顯了書籍

創作者的身分，將作者這個觀念列為優先考量，進而促成了著作權的產生。另一個原因則在於哲學，也就是源自於聖經傳統以及柏拉圖的觀點，認為詩詞為天授神啟，因此任何嘗試複製之舉皆屬次等之作。另一個原因則在於譯文被當成一種教學工具。翻譯理論家蘇珊・巴斯奈特（Susan Bassnett）表示，傳統教育特別強調原文的重要性，因此將「忠實的」譯文定義為如實呈現原文的句法、文法及詞彙，主要目的在於展現學生對希臘文及拉丁文的理解。而翻譯的稿酬又進一步拉大原文與譯文地位的差距，尤其在英語系國家，論件計酬的低薪接案譯者（常常不過是報章雜誌的寫手）應運而生，他們不太在乎細節，（從實證來看）認為只要譯文能大致傳達作者的基本意思就算盡了譯者的本分。十七世紀約翰・德萊頓（John Dryden）[31]感嘆：「我認為差強人意的譯文之所以這麼少見，」原因就在於「擁有『翻譯天分』的人實在太少，大家又吝於給予譯者『讚美』，加上翻譯的『獎勵』又低，但翻譯卻是『學習』中不可或缺的一環。」[32]

最後，不論譯者的天分高低，譯文與原文之間最牢不可破的楚河漢界，或許源自翻譯過程中有一個或更多額外的參與者介入，因此挑戰了我們對於藝術創作過程最根深柢固且重視的想法。如果我們認為某件藝術作品是藝術家內心的獨特表現，那麼外人（譯者、電影導演、戲劇顧問等）對作品的任何改編與修訂都只能說是東施效顰，雖然或多或少表現出「真品」，但本質上就是遜於原作。

但我建議大家不要將這點視為缺點，而應該當成一種解放，讓譯者跳脫吃力不討好的情況，不必再努力創作出與原文一模一樣的譯文，而能發揮自己的天分，專注在通順翻譯原文這件更有益處且完全可能的工作上。此外，現代主義自誕生之初便一再顯示藝術並不一定是單一、孤獨的過程；套用洛特雷阿蒙（Comte de Lautréamont）[33]的說法，就算是「集眾人之力，而非一人之功」完成的作品，仍舊是藝術。類似的例子不勝枚舉，從洛特雷阿蒙本身的作品

---

*這個「併吞」的概念經由二十世紀巴西的「食人文化」而進一步推廣，巴西的「食人文化」明確主張將外國文本「吞噬」，並與特定的巴西經驗融合後再重生。巴西詩人阿羅多．岡波斯（Haroldo de Campos）在一九六三年主張，「凡是『異於』我們的經驗……都應該被吞噬，」並表示食人者「只挑自己認為強大的敵人吞食，從中汲取精髓以強化並充實自身的能量」（Haroldo de Campos，摘自Bassnett, *Translation*, 53-54）。

《*Poésies*》（也就是前一句引文的出處），到馬克斯・恩斯特（Max Ernst）[34]的拼貼畫、嘻哈音樂混音版、龐德的《詩章》（*Cantos*），再到巴布・狄倫（Bob Dylan）的歌曲，獨創與借用的內容緊密交織。甚至理應獨一無二的原文，其實也融入了許多時代與文化的言論與經歷。換句話說，就像譯文一樣，原文本身也是以前人的作品為基礎。

當然，這並不表示譯文與原文並無明顯差異。但我們**可以**承認譯者的文學技巧在作品中也占有一席之地，從而質疑長期存在的價值體系。要盡可能巧妙呈現作品，再創造它的美與醜，必須具備敏感性、同理心、彈性、專注力和技巧。而或許最重要的就是尊重他人的作品，相信應該以譯文本身的優（缺）點來評判某人的譯文，而且如果處理得當，譯文應該與原文平起平坐。

但對於那些重視作者的個人特色、作品表達的獨特觀點、讀者對作品產生的新情緒，以及史無前例的社會與政治洞見更甚於一切的人而言，這種主張無疑會引來憤怒的訕笑。你或許想問，單單搜尋辭庫的行為怎可與憑空創造出角色，或組織複雜情節，或寫出比蜜更甜的詩句的成就相提並論？這是個好問題，我也無意誇大我的經驗。憑空創造出東西的確不是譯者的職責所在。這可以當成作者凌駕於譯者之上的證據，但其實也可以輕易推翻。

在確實尊重創作動力的情況下，一項簡單到宛如贅述的事實就是寫作，**所有的**寫作，基本上都是語言的功能。讓讀者笑或哭，以及讓這件事發生的**方法**，最終不僅取決於作者的想像力，甚至可能更重要的是，也取決於（刻意或直覺）操控文字與聲音的能力。正如蘇珊・吉兒・萊文（Suzanne Jill Levine）[35]的妙言所述：「寫作並不在於陳述的事實，而在於用以陳述這項事實的文字。」[36]這麼說來，譯者其實也面臨相同的挑戰，與原文的作者一樣都必須運用相同的辦法。翻譯就像寫作，我們的媒介都是文字——不論是奇特或直白、常見或深奧的文字，透過幾乎無限種的組合勾勒出我們腦中見到的畫面與聽到的節奏，進而向他人傳達我們希望他感受到的體驗。

鑑於世人對翻譯普遍抱持負面的看法，從不情願的容忍到公然的厭惡，在此應該更進一步探討這些敵意究竟從何而來。

從讀者的立場來看，這點並不難理解。經由譯者的介入來閱讀外國作者的文本必須要有一定程度的信任，尤其多數閱讀譯文的讀者對原文的語文及文化所知有限，或甚至一無所知。但在任何人際溝通中，信任都是一種難以建立卻極易被破壞的商品。沒有人喜歡被他人說服，但就翻譯而言，這幾乎就是我們要求讀者做的事。義大利一句陳腐的雙關語：traduttore, traditore（「譯者即叛徒」）影響了翻譯評論長達數世紀之久，而這句話之所以能源遠流傳，就在於其背後隱含了許多文化對於中間人普遍存在的懷疑，認為他們不是能力不足就是意圖不軌。

站在作者的立場也很容易理解這種敵意。作者投注了時間與心力撰寫出句子、段落、韻律，在語義、句法與象徵等各個層面上，明確傳達了自己想傳達的意思。但另一名擅長文字的人介入，而且這個人往往與作者私交有限或甚至毫無私交，這勢必會引起懷疑——此外，有些譯者的確也不擅長化解這種疑慮。如同彼得・科爾（Peter Cole）[37]指出，兩個作者之間，也就是作者藝術家與譯者藝術家之間，也會出現固有自我的衝突：「藝術家最惡名昭彰的地方，就在於他們（必要的）自負。而厲害的藝術家以其實力著稱，而這個實力一部分也包括他們不願受其他藝術家的精神影響的這種態度。」[38]科爾在此指的是譯者不願受到原文作者的想法影響，但其實這句話對譯者及作者都適用。

想當然爾，並非所有作家都抱持這種抗拒的態度。例如，波赫士便懷疑譯者的手藝是否真的「不如作者的手藝巧妙與進步」。艾可便曾讚嘆《玫瑰的名字》英譯版的成功，應歸功於「協商的過程」。法國評論家及小說家莫里斯・布朗肖（Maurice Blanchot）[39]認為，譯者「是最罕見的一種作家，無人可並駕齊驅」。鈞特・葛拉斯（Günter Grass）[40]很著名的事蹟是，他會與所有譯者召開為期數天的座談會，一同檢視數種語言中的各種問題，並討論可行的解決方案。有時作者與譯者會同心協力，透過互相合作或持續聯繫而提升作品品質。艾德蒙・基利（Edmund Keeley）[41]是塞弗里斯（George Seferis）[42]的譯者之一，他曾提及「我們在翻譯時，有時作者沉重的陰影總會矗立在身後，至少我這麼覺得。為了提醒我們他的英文不差，這位外交家兼詩人偶爾還會從他最新的駐派地點寄明信片來……糾正這個字或那個詞的誤譯。」[43]以我的情況而言，在我翻譯的作品中，多數仍在世的作者都與我保持一段善意且信任的距離，在我需要時會與我聯繫，但平常都保持低調。事實上，我只有在翻譯福樓拜（Gustave Flaubert）[44]的作品時確實感覺受到妨礙，我可以感覺到他的幽靈就飄在我的肩上，對我的每個不當用字（mot injuste）搖著他宛如海象鬍鬚般濃密的鬍子。

然而，作者對於自己作品遭到重塑這件事，通常採取較疏離甚至是公然厭惡的態度。態度較偏向自由放任的作者，可能直接認定譯者自己知道該怎麼做，因此不加以干涉；或將譯本當成附加利益，可以增加額外的收入和讀者。至於態度不這麼放任的作者，則會以無可救藥的不信任態度看待整個翻譯過程。米蘭・昆德拉（Milan Kundera）[45]就是其中之一，他在《被背叛的遺囑》（*Testaments Betrayed*，「譯者即叛徒」的觀點再度出現）這本書名嚴厲的作品中，仔細剖析他認為卡夫卡的法文譯者——甚至進一步延伸到所有譯者——所犯的各種錯誤。風格上的錯誤：「對譯者而言，**作者的個人風格**應該是至高無上的權威。但多數譯者卻服從另一項權威：也就是對「好法文」（或好德文、好英文等等）的**傳統**

觀念。」寫作上的錯誤：「必須用其他字詞取代更明白、簡單、中性的字詞……可以稱為**同義詞反射動作**，幾乎所有譯者都有這種反應……這種以同義詞替換字詞的作法看似無害，但這種作法的系統性特質勢必會模糊原文的觀點。除此之外，這麼做的用意究竟為何？為什麼不把作者的『gehen』翻成『go』就好？」[46]

大家認定的缺點，例如用字重複及非正統用語等，如果具有風格或主題上的作用，那麼謹慎認真的譯者的確應該設法加以保留。但有時用字重複只是作者的錯誤，譯者可以做得更好——因此透過譯文表現得更好。備受推崇的字對字翻譯法——也就是昆德拉提倡的方法——也忽略了一個事實，就是雖然他舉的每個例子都顯示gehen在卡夫卡的德文句子中可能用得很貼切巧妙，但在英文裡，有時翻成go（去）比較恰當，而有時主角Joseph K.則是應該leave（離去），更有些時候他必須move（行動）。根據最新的估計，現代英語的功能性詞彙超過五十萬字，是德語（約十八萬五千字）的三倍、法語（不到十萬字）的五倍，因此是世上變化最多的語言之一。[47]基於這點，英文譯者有充分的理由用不同字替換「gehen」這個字。

昆德拉也嘲笑譯者傾向讓譯文的「詞彙更豐富」，認為那只是譯者的自我表現，想藉此獲得讚揚：「大家自然會把豐富的詞彙當成一種價值、一種表演，當成譯者文筆精湛、翻譯功力了得的證明。」[48]譯者當然也和所有人一樣都想獲得讚美，即使是秉持著最高善意的譯者，有時仍難免做得太過頭。但事實上，寫作**的確就是**一種表演，而譯者的功力永遠**都是**討論的焦點。作者的文筆需要透過譯者來展現。這點在外國作家首次被引介至某個新文化時尤其明顯，但也不是唯一的真理：日本小說家及翻譯家村上春樹因對先前的《大亨小傳》譯本感到失望，因此重譯了這部作品，他提到自己「運用了小說家的想像力」，以便「傳達費茲傑羅文句的力量。為了徹底掌握文本的精髓，我必須深入作品的核心。」[49]以我的情況而言，我合作過的作者中，有些很樂於贊同我在譯文中發揮的小創意，但也有許多作者不允許譯者做如此的更動。重點就在於必須知道這種更動何時可視為改進原文、對作者的意思做出最佳詮釋，何時則不過是錦上添花或自我滿足而已。

英文版或法文版的卡夫卡是否與德文原著一樣帶有尖酸的語調，是否同樣具有原作特有的略微古怪的特質，主要取決於譯者感受文本的能力，以及直覺知道可以將自己的譯入語發揮或甚至濫用到什麼程度。但要注意，尤其在翻譯寫作風格獨特的作者時更要注意：卡夫卡可以隨心所欲扭曲德文，但如果一開始翻譯他作品的那些英文譯者也這麼做，讀者要如何知道他們是忠實複製作者的風格，還是只是亂譯一通而已？

雖然譯者的任務（或有人可能認為應該說「譯者的強烈企圖」）並不在於用華麗的詞藻翻譯簡樸的海明威式措辭，藉此破壞原文，但為了有效展現原文的詞句之美而運用巧思寫出優美的譯句，有時確實包含了一點表演的成分，甚至還有一點讓原文更豐富的意味。莎士比亞永遠都是莎士比亞，但天才演員所飾演的李爾王，就是比庸才扮演的李爾王**更能**詮釋莎士比亞。

但至少我們走出戲院時會覺得自己剛才「看」的是莎士比亞的作品，而許多成熟世故的文學讀者卻仍深信閱讀某個作家作品的譯本，根本不能算是**真正**閱讀他的作品。當然，我們的確沒有閱讀作者所寫的原文，但只要譯文翻譯得當，我們還是會看到作者希望我們看到的精髓，並有同等的收穫。承認這點會徹底改變許多人對翻譯的看法。只要理想主義和精確對等翻譯的過度幻想依舊當道；只要我們還理所當然地認為原文的地位一定高於譯文；只要我們還認為翻譯的功能不可能實現，或本質上只是為了方便實用，我們就始終會覺得譯文是扭曲、不完整，且無法讓人滿意。

---

1 一八〇九～一八八三，英國詩人、作家。

2 一八六一～一九四六，專事十九世紀俄國文學的英譯工作。她是最早將杜斯妥也夫斯基和契訶夫的作品英譯的譯者，也是屠格涅夫、岡察洛夫、奧斯特洛夫斯基、赫爾岑、托爾斯泰等文豪最早的英文譯者之一。總共翻譯了七十一卷俄國文學作品，其中許多至今仍在印行。

3 一九〇七～一九九二，德國和法國文學的美國譯者，有時也翻譯荷蘭、波蘭和匈牙利作品。是二十世紀最受好評的翻譯家之一，他將翻譯比喻為表演，其角色是「扮演他的作者」。

4 一九二三～二〇一三，當代義大利文學的英文譯者。曾翻譯卡爾維諾、艾可等知名作家的作品。

5 一九三六～，當代拉丁美洲和西班牙文學最重要的譯者之一，曾翻譯諾貝爾獎得主尤薩（Mario Vargas Llosa）、馬奎斯等名家的作品。

6 一九四九～，義大利文的美國編輯和譯者。以翻譯費蘭特的「那不勒斯四部曲」聞名。

7 即一般所謂「直譯」與「意譯」。

8 法國文學譯者，擁有法國文學博士學位。已譯過超過六十部法文作品，其中也包括羅蘭．巴特、莒哈斯等名家的作品。

9 一九二九～，美國詩人、文學評論家、散文家、教師和翻譯。曾譯過羅蘭．巴特、西蒙．波娃、卡繆、傅柯、布勒東等作家的作品。

10 原注：大衛．貝洛斯曾說，日本某些譯者的名氣之高，甚至有一系列的書籍專門探討他們的譯作，而且他們的名字會以同等大小的字體與作者並列於書籍封面。舉例而言，村上春樹不僅是西方讀者熟悉的暢銷小說家，也是知名譯者，曾翻譯楚門．卡波提（Truman Capote）、瑞蒙．卡佛（Raymond Carver）、史考特．費茲傑羅（F. Scott Fitzgerald）以及沙林傑（J. D. Salinger）等人的作品。參見David Bellos, *Is That a Fish in Your Ear? Translation and the Meaning of Everything* (New York: Faber and Faber, 2011；下文簡稱「Bellos」), 292. See also Haruki Murakami, "As Translator, as Novelist: The Translator's Afterword," in *In Translation: Translators on Their Work and What It Means*, ed. Esther Allen and Susan Bernofsky (New York: Columbia University Press, 2013), 169–182.（此書中譯本書名為《你的耳朵裡是魚嗎？》，二〇一九年三月由麥田出版。）

11 原注：Alice Kaplan, "Translation: The Biography of an Artform," in Allen and Bernofsky, *In Translation*, 79.

12 前六五～前八，奧古斯都時期著名詩人、批評家、翻譯家，代表作有《詩藝》等。為古羅馬文學「黃金時代」的代表人物之一。

13 一六一四或一六一五～一六六九，英格蘭與愛爾蘭詩人。

14 前一〇六～前四三，羅馬共和國晚期的哲學家、政治家、律師、作家、雄辯家。

15 四八〇～五二四或五二五，他將亞里士多德和柏拉圖的哲學，以及古代學者畢太古的音樂、歐幾里德的幾何學、尼哥瑪古（Nicomachus）的數學、托勒密的天文學、阿基米德的機械學，都翻譯成拉丁文介紹給羅馬人。

16 原注：Horace, *Ars poetica* (The art of poetry), trans. H. Rushton Fairclough, in *Translation—Theory and Practice: A Historical Reader*, ed. Daniel Weissbort and Astradur Eysteinsson (New York: Oxford University Press, 2006; hereafter "*TTP*"), 22; John Denham, "To Sir Richard Fanshaw upon his Translation of [Giovanni Battista Guarini's] Pastor Fido," ibid., 121; Cicero, *De optimo genere oratorum* (On the best kind of orator), trans. L. G. Kelly, ibid., 21; Boethius, introduction to his commentary on Porphyry's *Isagoge*, trans. L. G. Kelly, ibid., 33. *TTP*收錄的文本都是先前已經出版過的文章；本書從這些文本摘錄的所

有段落，詳細資料來源請見*TTP*。

17 原注：關於這種互惠式的改寫，詳細討論請見Denis Feeney, *Beyond Greek: The Beginnings of Latin Literature* (Cambridge, MA: Harvard University Press, 2016).

18 原文是eppur si muove（and yet it moves）。當年伽利略提出地動說後在宗教法庭審判中被迫放棄自己的主張，而後他低聲說出這句話。意思是「地球的確是會動的」。後來這句話被延伸用來表示根據事實提出的強而有力反駁。

19 原注：Umberto Eco, *Experiences in Translation*, trans. Alastair McEwen (Toronto: University of Toronto Press, 2001), ix.

20 原注：Jose Ortega y Gasset, "The Misery and the Splendor of Translation," in *Theories of Translation: An Anthology of Essays from Dryden to Derrida*, ed. Rainer Schulte and John Biguenet (Chicago: University of Chicago Press, 1992), 93; Paul Ricoeur, *On Translation*, trans. Eileen Brennan (London: Routledge, 2006), 8.

21 一七四四～一八〇三，德國哲學家、路德派神學家、詩人。他認為語言是思維的載體，詩歌是語言藝術的最高形式，語言讓一個民族的詩歌表達該民族的獨特精神。其作品《論語言的起源》（*Treatise on the Origin of Language*）為浪漫主義狂飆運動的基礎。

22 一七六七～一八三五，德國哲學家、語言學家、教育改革家、政治家和柏林洪堡大學創始人。他在語言學方面的研究最為人所知，包括語言哲學、民族語言學，乃至教育的理論與實踐。

23 一七七二～一八三四，英國詩人、文評家、哲學家、神學家，英國浪漫主義文學的奠基者之一。

24 一八八四～一九三九，美國人類學家和語言學家。專門研究美洲原住民語言，是首先考慮語言學與人類學之間的關係的語言學家之一。

25 一八八九～一九五一，奧地利哲學家。二十世紀最有影響力的哲學家之一，主要研究領域在邏輯、語言哲學、心靈哲學和數學哲學等方面。

26 一八九七～一九四一，美國語言學家、消防工程師。他認為不同語言結構間的差異影響了該語言使用者如何認知與構思這個世界，世人常稱此為「沙皮爾—吳爾夫假說」（Sapir-Whorf hypothesis，沙皮爾為其導師），吳爾夫則稱之為「語言學相對論」（principle of linguistic relativity）。

27 一九二九～，法裔美國文學批評家、散文家、哲學家、小說家和教育家。寫過大量關於語言、文學和社會的關係以及大屠殺影響的著作。

28 原注：William Tyndale, "W.T. to the Reader" (preface to Tyndale's translation of Genesis), in *TTP*, 69.

29 原注：Bellos, 84–85.

30 原注：Ricoeur, *On Translation*, 5.

31 一六三一～一七〇〇，英國著名詩人、文學家、文學批評家、翻譯家。曾翻譯詩人維吉爾（Virgil）於公元前二九～一九年創作的史詩《艾尼亞斯記》（*Aeneid*）。

32 原注：Susan Bassnett, *Translation* (London: Routledge, 2014), 150 and 11 (see also 158–159); Bassnett, *Translation Studies*, rev. ed. (London: Routledge, 1991), 55; John Dryden, "On Translation" (preface to Ovid's *Epistles*), in Schulte and Biguenet, *Theories of Translation*, 22.

33 一八四六～一八七〇，生於烏拉圭的法國詩人。其唯二的作品《馬爾多羅之歌》（*Les Chants de Maldoror*）與《*Poésies*》對現代藝術與文學影響甚鉅，特別是超現實主義與情境主義。

34 一八九一～一九七六，德國畫家、雕塑家、圖像藝術家及詩人。作為一名多產的藝術家，恩斯特是達達運動和超現實主義運動的主要領軍人物。

35 一九四六～，美國作家、詩人、文學翻譯、評論家和學者。專精翻譯研究與拉美文學。最為人知的譯作包括波赫士、普伊格（Manuel Puig）、卡薩雷斯（Adolfo Bioy Casares）和尹方提（Guillermo Cabrera Infante）等人的作品。

36 原注：Suzanne Jill Levine, *The Subversive Scribe: Translating Latin American Fiction* (Saint Paul, MN: Graywolf, 1991), 19.

37 一九五七～，麥克阿瑟獎詩人、翻譯，曾獲多項詩作和翻譯相關知名獎項。

38 原注：Peter Cole, "Making Sense in Translation: Toward an Ethics of the Art," in Allen and Bernofsky, *In Translation*, 5.

39 一九〇七～二〇〇三，法國著名作家、思想家、歐陸哲學家。其作品對後結構主義哲學家影響甚鉅，如德勒茲（Gilles Deleuze）、傅柯、德希達（Jacques Derrida）、南希（Jean-Luc Nancy）。

40 一九二七～二〇一五，德國作家、詩人、劇作家、雕塑家與畫家，一九九九年獲諾貝爾文學獎。五〇年代以長篇小說《鐵皮鼓》（又名《錫鼓》）一舉成名，該書與稍後出版的《貓與鼠》和《狗年月》被稱為「但澤三部曲」，再現二〇年代中期到五〇年代中期的德國歷史，並揭露希特勒法西斯的殘暴和腐敗的社會風尚，探索德意志民族為何會產生納粹法西斯的原因，被認為是德國戰後文學重要的里程碑。

41 一九二八～，小說家、散文家、詩人、翻譯。專精希臘詩人及二戰後希臘歷史。

42 一九〇〇～一九七一，希臘外交官、詩人；一九六三年因「希臘文化深刻感悟而產生的卓越抒情詩」，而獲諾貝爾文學獎；其第一部詩集《轉折》（一九三一年），標示了現代希臘詩歌發展的轉折點；一九三五年的長詩《神話和歷史》，是詩人的成熟代表作，也顯示象徵主義的詩藝。

43 原注：Jorge Luis Borges, quoted by Levine, *Subversive Scribe*, 1; Umberto Eco, *Mouse or Rat?: Translation as Negotiation*, quoted in *The Translator as Writer*, ed. Susan Bassnett and Peter Bush (New York: Continuum, 2006), 60 (cf. Eco, *Experiences*, 7–8); Maurice Blanchot, "Translating," trans. Richard Sieburth, *Sulfur* 26 (1990), 82; Edmund Keeley, "Collaboration, Revision, and Other Less Forgivable Sins in Translation," in *The Craft of Translation*, ed. John Biguenet and Rainer Schulte (Chicago: University of Chicago Press, 1989), 57.

44 一八二一～一八八〇，法國文學家，法國文學史上的寫實主義大家之一。他的創作理念對日後自然主義流派產生深遠影響，左拉、莫泊桑、屠格涅夫等人皆與其有深入交流，有「短篇小說之王」美譽的莫泊桑更是福樓拜的得意門生。福樓拜的作品以解剖刀般精準銳利的筆鋒著稱，行文力求科學的客觀嚴謹，代表作品有《包法利夫人》、《情感教育》、《三故事》等。

45 一九二九～，捷克著名作家。著名作品包括《生命中不能承受之輕》、《笑忘書》等。一九八九年天鵝絨革命前，他的作品在捷克斯洛伐克長期被禁。

46 原注：Milan Kundera, *Testaments Betrayed: An Essay in Nine Parts* (New York: HarperPerennial, 1996), 110, 108.

47 原注：See, for instance, Robert McCrum, William Cran, and Robert Mac-Neil, *The Story of English* (New York: Penguin, 1992), 10; "Number ofWords in the English Language," in *The Physics Factbook*, accessed April 17, 2017, http://hypertextbook.com/facts/2001/JohnnyLing.shtml.

48 原注：Kundera, *Testaments*, 109.

49 原注：Murakami, "As Translator, as Novelist," 173.

第二章
聖人、殉道者、間諜

translation（翻譯）這個字大約在十四世紀中進入英文，來源是拉丁文名詞translatio（這名詞又源自於動詞transferre，意思是「傳送」）。在羅曼語系中，各種代表翻譯的詞可追溯回不同的拉丁文動詞，例如traducere是「傳達」或「帶領到他處」的意思。這兩個詞都與源自希臘文的字詞「隱喻」（metaphor）相關，意思同樣是「傳遞至另一領域」或「轉移」。[1]雖然今天的「轉移」多指兩種語言之間的移動——常有人把翻譯比喻為文化或國家之間的「橋梁」——但翻譯最初的意思，是指將聖髑從一處轉移到另一處，或讓神聖人物無須經過死亡的過渡階段，就能進入天堂。

由於這個字具有基督宗教教會與靈性的基礎，無怪乎以現代意義來看，最早的翻譯就是各種版本的聖經（至少在西方正典是如此）。太初有道，道必須轉化，供一般民眾閱讀。的確，關於當代翻譯的諸多理論與爭論，例如最早「忠於原文」與「措辭得體」的爭論，都可追溯回早期的聖經翻譯，包括堪稱最早的大眾市場翻譯，即西元前三世紀從希伯來文譯成通用希臘語（koiné）的版本。這個譯本稱為《七十士譯本》（*Septuagint*），據稱是由七十位（或七十二位）說希臘語的猶太學者花七十天（或七十二天）所翻譯。他們雖然在分開的小房間翻譯，但譯出的文字卻相同，證明有神介入，讓《七十士譯本》恰好在接下來的七百年不受批判或其他譯本的競爭，著實令人欽羨。《七十士譯本》靠著神聖的起源，甚至比原文更具權威——簡直是譯者的夢想；此外，作為後續拉丁文版本基礎的是這希臘文的《七十士譯本》，而非希伯來文本。[2]

以文學來看，《七十士譯本》讀起來相當生硬，卻沒有受到重大挑戰。一直到三八四年，耶柔米（Eusebius Hieronymus，即日後的英譯名Saint Jerome）[3]才跳過希臘文譯本，以希伯來與亞拉姆語版本，翻譯新的拉丁文譯本。耶柔米雖然是聖經的虔誠忠僕，但他了解可讀性的優點，因此他針對這主題所表達的看法，很能展現「把事情說得好是一種恩典」的現代觀，也說明這個目標多難達成：

> 逐字翻譯的結果聽起來會很荒謬；但我如果不得已而調整文字順序或語言，又會被視為失職的譯者……這項任務之難，可從《七十士譯本》譯者得到神啟而譯出的譯本中看出。這希臘文譯本已缺乏原汁原味……聖經似乎顯得太過粗野，因此受其教育、不知道那是譯自希伯來文的人只能看到表面，看不見真正的血肉，並因為它不討喜的風格外衣而打退堂鼓，未發現底下的美麗身軀。[4]

可以想見，耶柔米的譯本風格和民眾過去品味的版本大相逕庭；也可以想見，這版本不久就引起同為神學家的奧古斯提奴斯（Aurelius Augustinus，即後來受封為聖的「希波的聖奧古斯丁」〔Saint Augustine of Hippo〕）疑慮——奧古斯丁熱中於肅清異端，一心一意維持基督宗教現狀，簡直像活在中世紀的胡佛（J. Edgar Hoover）[5]。因為擔心正統信仰分裂，且或許是為了確保希伯來傳統「存續，但不茁壯」，這位未來會寫出《上帝之城》（*City of God*）的辯論家奧古斯丁，譴責耶柔米偏離正統，並主張應維護單一、無改變、無懈可擊的文件。「老實說，」他寫道，「我寧願你幫我們從正統的聖經文本翻譯，即七十名譯者留下的文本。因為，若民眾廣為接受你的翻譯，會導致嚴重的麻煩：拉丁教會將與希臘教會出現極大的歧異。」[6]耶柔米是以詩人的耳朵在處理翻譯；奧古斯丁則是以官僚的火眼金睛翻譯。由於立場對立，使得兩位成為守護聖人，各自守護著太符合人性且延續至今的激烈爭辯。

的確，聖經不時出現在翻譯史上，成為兩種衝突立場的經典範例：其中一個陣營認為，上帝的語言是不變的法則，必須由少數幾個幸運兒保存與規範；另一個陣營則偏好彈性，秉持開放的心態，讓人人都能理解。耶柔米的版本屬於第二個陣營；這版本稱為《武加大譯本》（*Vulgate*）[7]，其特色在於，讓聖經能以比較容易理解的拉丁方言閱讀，最後取代《七十士譯本》，成為具權威的文本。不過，爭議並未在此劃下句點。

大約過了一千年，到了一五二二年，馬丁．路德（Martin Luther）[8]又把問題變得更加複雜。他把新約聖經翻譯成簡化、「甜美良善」的德文，讓平民百姓也能讀得懂。後來歌德推崇路德，說「若想影響大眾，簡單的翻譯永遠最好。」路德親民的翻譯非常吻合耶柔米的精神——諷刺的是，路德是奧斯定會的修士——而且和耶柔米的《武加大譯本》一樣，引起教會神父的不滿。它也和《武加大譯本》一樣影響深遠，不光是協助推翻宗教菁英，影響一個組織嚴密的宗教如何發展，更給予標準的表達形式，催生統一的德語和國族認同。[9]

在路德的新約聖經出版後不久，英國學者威廉・廷代爾（William Tyndale）[10]直接受其影響，出版自己的新約聖經譯本。其目標同樣是要一般讀者也能讀聖經，並趁機譴責神職人員是「邪惡、詭計多端的偽君子。」[11]和先前的耶柔米與路德一樣，廷代爾觸怒了當時的神職人員，包括繼承奧斯定會訓斥角色的湯瑪斯・摩爾爵士（Sir Thomas More）[12]，之後還得罪更多人。廷代爾藏身國外，卻行跡敗露，在一五三六年被判為異端，遭處絞刑，再以火焚燒。只是這時摩爾沒能在場目睹，因為他在三個月前已因叛國罪而遭斬首（更早以前，約翰・威克里夫〔John Wycliffe〕[13]曾嘗試把聖經翻譯為英國方言，導致他被判為異端，幾乎遭火刑。所幸他是在數十年後才自然死亡）。

「主啊！請開英國國王之眼，」據說廷代爾在大限降臨前喊道。接下來的世紀，確實有個英國國王繼承廷氏遺志，翻譯聖經。這譯本稱為欽定本或詹姆士王譯本，是有史以來影響最為深遠的文本之一。此譯本是在一六〇三年構思，一六一一年出版，一開始就希望和耶柔米的版本一樣有優雅的文字風格，同時也和奧古斯丁規定的那樣足具權威，能夠以統一的文本統整教會——是好讀版的《七十士譯本》。這譯本與廷代爾的新約聖經一樣，是打算向平民禮拜者**訴說**——確實如此，因為這譯本的目標是能讓大眾誦讀。「翻譯如開啟窗戶，讓陽光照進，」詹姆士王聖經的譯者在序言中寫道：「翻譯若缺乏俚俗之語言，蒙昧的人……如以賽亞提到的那個人，若給他一本封起的書，並告訴他『請你讀這個』，他只得回答：『無能為力，因為這本書封著。』」翻譯史學家提歐．薩沃里（Teo Savory）聲稱欽定本「只要還有人說英語或讀英文，就不太可能為其他譯本超越；世界上文學作品的其他譯本，很難達得到這樣的資格。」[14]事實上，許多人認為欽定本聖經無論原文為何，都堪稱是英國文學登峰造極之作。欽定本聖經發明了許多詞彙，這些詞彙進入一般人用語的數量無與倫比，從**絆腳石**（stumbling block）、**及時行樂**（eat, drink, and be merry），到**代罪羔羊**（scapegoat）、萬惡之源（the root of all evil）與**倒楣**（woe is me）都包括在內。

欽定本聖經長久以來皆是聖經用字的典範，對英文語言和文學的影響甚鉅，但不是完全未受抨擊。清教徒就不想和欽定本聖經扯上邊。即使已經到了一九九五年，美國聖經學者埃弗雷特．福克斯（Everett Fox）仍參考馬丁．布伯（Martin Buber）[15]與法朗茲．羅森茲威格（Franz Rosenzweig）[16]相當直譯的德文譯本，明顯排斥欽定本的豐富詞彙，直接從希伯來文翻譯。福克斯譯本緊貼著外國語法，偏好字字對譯，而非符合現代英語系讀者的喜好，因此挑戰我們，要我們「重新思考這些古書究竟是什麼，以及所指為何。」他也避開我們熟悉的「老朋友」，例如夏娃的蘋果，甚至不用夏娃、亞當與上帝（這裡用的是四字神名「YHWH」）。看看他的「巴別塔」（Bable，但福克斯用的字是「Bavel/Babble」）故事：「現在所有地上皆為同一語言、同一組字……他們每個人對鄰人說：『來吧！讓我們烤磚，讓我們燒出好好燒過的磚！』」[17]一方面，福克斯為別出心裁卻不實用的翻譯付出努力固然值得肯定，何況是翻譯人人熟悉到覺得理所當然的文本。但是刻意拒絕流暢散文的誘惑，卻會顛覆聖經的基本目標：吸引追隨者（聖經做為一種宗教宣言，目標跟其他宣言沒兩樣，都是要吸引追隨者）。福克斯翻譯時嚴格遵循散文文體，遊走於挑戰智識及令人分心的拙譯之間，常沒能拿捏好平衡，像強迫我們一邊閱讀，一邊體驗上帝把人類語言搞得亂七八糟。

不用說，巴別塔事件不太可能是無心的選擇，甚至可說形塑了整體的翻譯爭論。上帝把「在所有土地表面上」（over the face of all the earth）的語言與人民分散時，就關閉了人類通往神聖的大門，同時開啟讓語言與文化多樣性開花的契機，促成天底下的生命值得活著，讓原本難以想像的觀念與聲音得以流通。

站在光譜另一端的則是尤金．奈達（Eugene A. Nida）[18]。他是備受推崇的聖經翻譯權威，但不是譯者，而是聯合聖經公會的顧問，在二十世紀的下半葉，監督聖經翻譯成各種語言與譯介至各種文化——這段時間聖經翻譯的數量一飛沖天，或許不是巧合。「沒有兩種語言一模一樣，」奈達提出結論，「語言之間沒有絕對的對應，完全對應的翻譯是不存在的。」相對地，身為宣教士，他提倡「動態」或「功能」對等，目的是確保聖經的訊息能接觸到預設讀者，無論這些讀者和當初寫下聖經的文化相距多遙遠。譯者的工作乃是依照需求，調整譯文的語文形式。舉例來說，如果某地區不下霜雪，那麼「和雪一樣白」可改成「和鷺鷥羽毛一樣白」。又例如耶穌門徒在彌賽亞到來的路上鋪葉子與樹枝時，在西非就必須重新思考該如何表達，因為對西非人來說，這麼做是一種嚴重的冒犯。奈達注重打動人心，目標和路德一樣，是直接和讀者對話，盡量不導致文化不流動——亦即為了傳達重點，即使重寫原文也無妨。[19]

奈達和福克斯的作法看似衝突，其實殊途同歸：運用最符合他們考量的慣用語，向讀者訴說——以奈達的例子而言，他的目標是那些可能改信基督教的非英語系讀者，而不是聖經學者。更近期，法國巴雅得出版社（Bayard）為了能讓讀者在讀聖經時像是在閱讀現代小說，委託二十個當代小說家（包括尚・艾薛諾茲〔Jean Echenoz〕、雅克・胡博〔Jacques Roubaud〕、瑪麗・恩迪亞耶〔Marie NDiaye〕、芙羅朗思・狄雷〔Florence Delay〕、艾曼紐・卡黑爾〔Emmanuel Carrère〕與瓦雷・諾瓦席納〔Valère Novarina〕）翻譯新的譯本。這些小說家與聖經學者合作，把文本轉換，「運用當代法國文學來處理聖經文學」，因為「文學和詩的語言在二十世紀所持續帶來的革命，常讓我們得以處理形式語法的暴力，或者形式語法不規則與偶爾不存在的情況，以及古老文獻中有各種不同敘述聲音存在的問題。」[20]這個新譯本和福克斯與羅森茲威格的作法一樣，非常貼近希伯來文本，同時把目標放在於現代主義文學中長大的讀者（正如詹姆士王把目標放在當代的讀者），因此加入了耶柔米以降未曾衰微的傳統之列。

聖經雖然失去了宗教權威性，卻能持續施展語言魅力，原因在於幾項事實。第一，和世俗性的文本不同，大家讀的聖經幾乎都是譯本：的確，根本沒有真正的原文，其來源文字是「希伯來文、亞拉姆文與希臘文等多種版本，搭配龐雜注解與其他宗教書寫。」[21]另一方面，一個人在童年時期閱讀或聆聽的聖經版本，會成為實際上的原文，即使長大後了解更多背景之後依然如此。最後，由於許多人認為聖經是神的話語，因此產生認知斷裂，造成聖經與各種改寫和外在文化等概念失去連結。如果有哪個文本能持續超越本身的語言地位，那就是聖經——即使是憎惡多元文化的概念，以及用懷疑和輕蔑的態度看待任何「異邦」事物的人，也會不例外地閱讀、接納與遵從聖經。美國譯者格羅斯曼曾引用在美國南方看到的保險桿貼紙文字，正好道出這種孤立立場在無意間所散發的幽默：「如果英文對耶穌而言夠好，對我來說就夠好。」

現代、世俗定義的翻譯，大約在十四世紀的西方開始出現，當時長期遭到忽視的古典傳統[22]又重新流行，人文主義受到重視。接下來的世紀，第一本專談翻譯的現代專論出現了——也是自耶柔米以來第一部思考翻譯的專著——《論正確的翻譯》（*De interpretatione recta*，約一四二四年出版），作者是佛羅倫斯的人文學者與政治家李奧納多．布魯尼（Leonardo Bruni, 1377-1444），他也是一般公認的首位現代歷史學家。他本身是譯者，以翻譯亞里斯多德馳名，在書中依照自己的實務經驗，主張在翻譯時，原文的意義與風格同樣重要，需精準傳達哲學概念，亦須重視文學效果，也承認完全忠實是不可能的——這些規範在接下來六百年幾乎沒有太多改變。[23]

接下來的翻譯準則是在一百年後出現：法國印刷業者與學者艾蒂安・多雷（Étienne Dolet, 1509~1546）於一五四〇年出版的《將一種語言翻譯至另一種語言的良善之道》（*The Way to Translate Well from One Language into Another*）。他和布魯尼一樣，不滿中世紀的翻譯若非盲從直譯，就是自由不羈的改寫，因此他指出，任何值得尊敬的翻譯從業人員必須遵守五項「必要守則」，這五大守則大致上呼應其佛羅倫斯前輩的主張：完全了解作者的原作；精通原文和譯入語；避免字字替換（「如此僅展現譯者的無知」）；語法要清晰易讀、不能含糊其詞；理解風格。[24]這些似乎都是常識，甚至出現在當今譯者的筆記型電腦裡都不奇怪。不過在一五四六年，多雷又被判為異端——他的柏拉圖版本想必是依據了這幾條準則，於是遭處絞刑後焚燒。他就算不是翻譯的第一位殉教者——廷代爾十年前已遭處火刑——也應是第一位因為世俗文本而遭處決的人（但不會是最後一個。翻譯薩魯曼・魯西迪〔Salman Rushdie〕《魔鬼詩篇》〔*The Satanic Verses*〕的日文譯者五十嵐一慘遭無情刺死，就是清楚的例子）。

多雷可說是生不逢時。到了十六世紀，關於翻譯這項藝術的主張百花齊放，通常是以譯者序的形式出現在某作品裡。許多人藉此機會捍衛特定的翻譯方法，或依照歷史悠久的學術傳統，狠批前輩一番。雖然整體而言，這些主張和特定譯作有關，但有些在闡述該文本所運用的原則之外，也替之後幾個世紀的理論架構奠下基礎。不過百花齊放，並不代表翻譯地位提升。劍橋大學學者兼國會議員湯瑪斯．威爾森（Thomas Wilson, 1524-1581）在《狄摩西尼的三演說》（*The Three Orations of Demosthenes*，於一五七〇年「從希臘文翻譯成英文」）的譯序中，就很典型地惋惜一己之無能，無法傳達「（作者）卓越的語言」，只好提供譯文，當成「安慰獎」：「翻譯書的惱人之處，就像吃精緻白麵包，看不慣其他人吃次等白麵包。天知道，那些人若有精緻白麵包，當然也樂於一嘗。但不是人人都能穿上天鵝絨，吃上好食物。」[25]

威爾森對翻譯是不抱希望的。布魯尼與多雷之後的一些人，則苦惱在反映原作時該多貼近。這些高度兩極化的問題成為翻譯評論的主要焦點，而在文藝復興後的時代，各陣營湧現大量熱情洋溢、慷慨陳詞的支持者（演變成現在的某觀點、反某觀點、反反某觀點的論述，足以填滿巨大的書架）。

其中一方衷心支持自由翻譯，例如十七世紀詩人與評論家德萊頓。他像譯者的世俗聖人（王紅公在討論翻譯的文章一開頭說：「不知道從什麼時候開始，討論到詩人譯者時就要引用德萊頓，儼然已成為慣例。」），如今仍有許多人認為他是理性模範，因為他倡導以同理心看待翻譯彈性，但也警告，他的規定絕非給予自由花俏的譯法特權。「譯者若要多多少少傳達原作的力量或精神，就不能拘泥於作者用字，」德萊頓寫道，「他必須完全內化並領會作者的才華與感知……之後，才能適切地以有生命的文字來表達，彷彿自己寫下原作。」德萊頓說，想逐字對譯又具備可讀性，就像「綁著腳鐐在繩索上跳舞！夠小心的話或許能避免摔倒，但別奢望動作優雅。」[26]

到十八世紀晚期，蘇格蘭作家與法官亞歷山大・弗來澤・泰特勒（Alexander Fraser Tytler, 1747-1813）仍設法調整出「易讀忠實」的翻譯。他提出三大原則：翻譯「應該完整抄錄原文概念」；譯文的「寫作風格必須相同」，以及「和原作一樣易讀」。為實現「如此困難的理想」，譯者「必須吸收作者的靈魂，並透過自己的器官說話」——終究與德萊頓所說的「完全內化」不謀而合。[27]

同時，其他人則對德萊頓及其陣營所提倡的「力量或精神」有意見。十九世紀的評論家理查·亨利·霍恩（R. H. Horne）[28]就嚴格要求譯文需緊貼著原文，大力抨擊任何偏離之舉：

> 翻譯唯一的價值，在於把作者的文字以另一種語言盡量對等地表達出來……若一旦有人說：「我會藉由若作者還在世可能會使用與書寫的譯入語文字，來賦予作者精神」這就不是原作了。這樣的翻譯，不過是個人自我主義與虛榮的偽裝。[29]

從許多方面來看，霍恩的說法不久後在英國所引發的爭議，都符合所謂的「茶杯裡的風暴」（tempest in a teacup）[30]。不過，這場風暴會這麼劇烈，不光是因為你仍能在當代理論中聽到迴響，也是因為至少在英語系傳統中，它導致譯者地位降低，因此喬治·艾略特（George Eliot）[31]當時的名言在今日聽起來仍毫不過時：「好譯者永遠比不上能寫出**優秀**原作的人。」雖然她也承認好譯者「勝過只會寫彆腳原作的人」。她這番話還真是寬厚。[32]艾略特自己也翻譯史賓諾莎（Baruch Spinoza）[33]與費爾巴哈（Ludwig Andreas von Feuerbach）[34]的著作，這或許讓她有點矛盾，但絕不獨特：維多利亞時代出現大量的翻譯批評，其中一些相當激烈，但理所當然都把翻譯當成從屬的文類。

維多利亞時代的許多翻譯作品是詩歌與古典文學，尤其是荷馬史詩。事實上，荷馬引發了當時最知名的一場辯論。引起爭辯的主要是馬修．阿諾德（Matthew Arnold）[35]與法蘭西斯．威廉．紐曼（Francis William Newman）[36]兩人的版本。大致上來說，這次的議題是炒冷飯：譯文應當如學術研究般忠於原文，還是講究詩歌效果？雖然如此，這爭議依然在當時的（也就是那些怪怪的維多利亞時代人組成的）文學界引起騷動。紐曼是古典文學教授，堅決反對詩歌讀起來應該像是原創作品：「我的目標恰好相反——要保留原作的特殊性，**越小心，就越可能保持異國風味**。」（從這點來看，紐曼暴露出他的學者背景，也預示了二十世紀晚期的翻譯「異化論」。）阿諾德是詩人，也是評論家，比較關注的是「避免任何可能導致讀者閱讀中斷或驚訝之舉，荷馬本人也不會使讀者閱讀中斷或驚訝。」他在反駁紐曼時曾寫道，譯者「必要時應毫無顧忌地犧牲，對原作維持語文上的忠誠，而不是為了直譯，冒險做出怪異或不自然的文字效果。」兩人以自己的方式，設法達到忠於原文的目標。紐曼是為無法閱讀希臘文的人，保持語言形式的忠實；阿諾德則是著眼於荷馬表達方式中本質上的美感。37

同時，雖然阿諾德的立場看似較為平民主義，但無論是否有意，他都鞏固了翻譯是給特定讀者看的觀點，這樣的心態仍是一種包袱。照他的說法，要判斷譯本成功與否，唯一合格的判斷方法並不是仰賴譯者或一般讀者，而是嫻熟兩種語言的學者。因此，他否定了譯文作者的主體性，因為譯文作者常訴諸於直覺或才華去感覺某事物對不對，也否定了讀者的主體性，因為讀者會判斷譯文是不是對自己「說話」——這樣的邏輯所導出的結論是，只有學者能鑑賞翻譯，這麼一來，就暗示著翻譯只能供學者鑑賞。維多利亞時代在翻譯古代經典時的小癖好，是刻意增加仿古或矯揉造作的語言，又使得翻譯進一步落入僅有小眾關注的領域。

事實上，荷馬史詩引發爭議的能力似乎不輸給聖經。在十八世紀初，古典學者理查・班特利（Richard Bentley）[38]就鄙視亞歷山大・波普（Alexander Pope）[39]活潑的《伊利亞德》（*Iliad*）翻譯：

> 阿基里斯怒火中燒，因那不祥的希臘之春，
> 帶來無數痛苦。天上的女神，唱吧！

常有人引用班特利對這譯文的貶語：「是很好的詩，波普先生，但你不能稱它是荷馬史詩。」後來他提出了非常枯燥乏味的版本，恐怕連荷馬本人也難以下嚥。過了一百多年，但丁・加百利・羅塞蒂（Dante Gabriel Rossetti）[40]為波普這樣的譯者辯護，理由是「直譯完全是次等之舉」，以及「好的詩（絕）不能變成壞的詩。」[41]雖然波普的翻譯正如羅塞蒂所肯定，成了更卓越的文學作品，但其優點並非無庸置疑。「好」與「壞」的標準不僅在讀者手上，也會隨著時間而改變。波普的《伊利亞德》適合喜歡花俏語言和雄偉對句的讀者，但是——雖然我

不想把它歸功於班特利這種老學究——我敢打包票，今天還在讀荷馬史詩的人，喜歡的未必是荷馬史詩的原汁原味重現，反而是喜歡波普的佳譯。

幾個世紀以來，不忠實、排外、過時等諸多因素阻礙著主流大眾接受翻譯。還有一項：信賴問題，這包括懷疑文學翻譯者的資格，乃至於會危及性命的口譯者可靠度。這項事實或許令人不安：所有的溝通都得仰賴暫時放下不信任，但有時要放下疑慮格外困難，尤其是在戰爭時期。以一九八〇年的電影《烈血焚城》（*Breaker Morant*）為例，影片中有個在波耳戰爭（Boer War）[42]時和英國人合作的荷蘭口譯在街頭遭到槍殺，部分原因是他在主角莫蘭（Morant）上軍事法庭時作偽證，也因為沒有人相信他在明目張膽取得情報之後，並未偷偷把情報洩漏給波爾人。更新近的例子是在二〇一一年，《武裝部隊期刊》（*Armed Forces Journal*）報導，伊拉克的口譯者「於戰鬥中死亡的機率，是派駐當地的美國或國際軍隊的十倍」[43]，因為無論是他們幫忙口譯的軍隊，或者他們的說話對象（敵方），都不完全相信他們能忠實地轉述事物。諸如此類的例子不勝枚舉。

這不僅僅是被害妄想，或不總是如此。畢竟翻譯史與間諜史的確有許多交疊之處，種種事蹟引人入勝。理查·波頓爵士（Sir Richard Burton, 1821-1890）是探險家和語言學家，以翻譯《一千零一夜》（*One Thousand and One Nights*）與《慾經》（*Kama Sutra*）知名，一般也認為他是東印度公司的間諜。史考特·蒙克里夫（C. K. Scott Moncrieff）[44]所譯的《追憶似水年華》仍是英語讀者最主要的參考版本，而他在一九二〇年代墨索里尼統治的義大利，為英國搜集情報。史考特·蒙克里夫以四海一家、唯美派的生活風格作為掩護，在義大利各地遊歷——這裡觀光一下，那裡窺探一下——沿途悄悄搜集義大利軍隊集結的資料。他廣大的交友圈包括愛讀書的義大利飛行員，他們在聊文學時的輕鬆氣氛下，會把些許有用的資訊說溜嘴，而史考特·蒙克里夫就把資訊回傳給英國內政部。[45]

從某些方面來看，翻譯與從事諜報工作是天生一對：兩者都牽涉到雙重的忠誠度，要能平行地表達，懂得觀察與詮釋；能和老練的表演者一樣，從一個角色跳到另一個角色、一種聲音跳到另一種聲音、一種人格跳到另一種人格。而且和表演者一樣，譯者的忠誠度絕不能視為理所當然。「譯者，」出生於法國的譯者伯納・特爾（Bernard Turle）說，「就是間諜，後台老闆就是作者。他必須聽命於作者的原則、主題、論述、想像、他的風格、形象與自我，最重要的是，還要聽命於絕不容質疑的命令：**不能背叛作者**。但譯者也是個愛時髦的男子：他追隨原文就像趕流行的時髦男子一樣。」[46]換言之，譯者就像雙面間諜，持續遊走於兩種文本、兩種語言、兩種文化、兩種讀者之間，以求達到真理，最後卻不服膺於任何主人，只服膺自己追求卓越的嚴格理想。

此外，翻譯的本質不就是破解密碼、以另一種語言詮釋一套意義（資訊或風格）？歷史不也一再重演，無論在戰場、在敵營，或在正統宗教，若是無法正確詮釋意義，你可能賠上職業聲譽，甚至生命。

1 原注：Eliot Weinberger, "Anonymous Sources (On Translators and Translation)," in Allen and Bernofsky, *In Translation*, 22–23, 49; Eco, *Experiences*, 74; Michael Hanne, "Metaphors for the Translator," in Bassnett and Bush, *Translator as Writer*, 208, 214. 也有人反對「跨越」的隱喻，並認為這會減損對翻譯的確切理解，參見Bellos, 33ff. 史坦納（Steiner, *After Babel*, 295）指出，羅曼語的衍生詞原本就是一種誤譯，因為「traducere」實際的意義是「引介」或「導入」——他說這是「瑣碎卻具有象徵意義」的差異。

2 原注：Bassnett, *Translation Studies*, 15. 柯伊內希臘語（Koiné）就是「希臘通用語」，也稱為「聖經」或「新約」希臘語，今天依然在希臘正教會的禮拜儀式中使用。

3 約三四〇～四二〇，古代西方教會領導群倫的聖經學者，在早期的拉丁教會被尊為四位西方教會聖師之一。

4 原注：Jerome, preface to the *Chronicles* of Eusebius 1–2, trans. L. G. Kelly, in *TTP*, 29. See also Bassnett, *Translation Studies*, 46–48; Eugene A. Nida, *Toward a Science of Translating* (Leiden: E. J. Brill, 1964), 12; Theodore H. Savory, *The Art of Translation* (London: Jonathan Cape, 1957), 104–107; Nataly Kelly and Jost Zetzsche, *Found in Translation: How Language Shapes Our Lives and Transforms the World* (New York: Perigee, 2012), 121–122; *TTP*, 68–69; Bassnett, *Translation*, 10.

5 一八九五～一九七二，美國聯邦調查局第一任局長，任職時間相當長，且因過度調查引發諸多爭議。

6 原注：Augustine, Letter 71.3–4 and 6, trans. L. G. Kelly, in *TTP*, 32.

7 又稱為拉丁通俗譯本。

8 一四八三～一五四六，宗教改革推手，促成基督教新教興起。

9 原注：Martin Luther, *Open Letter on Translation*, trans. Jennifer Tanner, in *TTP*, 57; Johann Wolfgang von Goethe, Dichtung und Wahrheit, trans. André Lefevere, in *TTP*, 200.

10 一四九四～一五三六，十六世紀著名的基督教學者和宗教改革先驅，被認為是第一位清教徒。

11 原注：William Tyndale, "W.T. to the Reader" (preface to Tyndale's translation of Genesis), in *TTP*, 69.

12 一四七八～一五三五，英格蘭政治家、作家與哲學家。一五一六年用拉丁文寫成《烏托邦》一書，對後世社會主義思想的發展影響深遠。一五三五年因反對英王亨利八世在英國自創聖公會

（Anglicanism）而被處死。

13 一三三〇～一三八四，英格蘭哲學家與神學家。歐洲宗教改革先驅，曾於公開場合批評羅馬教會所定的各項規條不符基督教宗旨，也是首位將聖經翻譯成英文的譯者。

14 原注：Savory, *Art of Translation*, 107. Quotes on Bible translation from *TTP*, 200, 264, 69, 116, and Nida, *Toward a Science*, 17. 史坦納（George Steiner, *After Babel*, 348）指出，詹姆士王的譯者達到「這種無與倫比的『宛如在家的感受』……欽定版的譯者讓聖經看來就像用英文寫成，成為英文語感的全新重要根據。」，這是透過使用比他們更早兩、三個世代的表達方式達成的。

15 一八七八～一九六五，猶太宗教哲學家、翻譯家、德語文體大師。著述領域包含猶太神祕主義、社會哲學、聖經研究、宗教現象學等。他所提出的「對話哲學」（philosophy of dialogue）不只在宗教哲學領域，在社會學、人類學、甚至在教育學的應用上都深具影響力。

16 一八八六～一九二九，德國猶太裔神學家、哲學家、翻譯家。

17 原注：Evrett Fox, translator's preface and Genesis 2:1–9, in *TTP*, 562–563,568.

18 一九一四～二〇一一，美國語言學家，曾提出「動態對等」（dynamic-equivalence）的聖經翻譯理論，也是當代翻譯研究原理的建立者。

19 原注：Nida, *Toward a Science*, 156, 158, 168; Nida, "Principles of Translation as Exemplified by Bible Translating," in *On Translation*, ed. Reuben A. Brower (Cambridge, MA: Harvard University Press, 1959), 12, 19. 亦參見Bellos, 170–171.

20 原注：*La Bible: Nouvelle traduction* (Montrouge: Bayard, 2015), 22.

21 原注：*Bassnett, Translation*, 90.

22 指強調文法、邏輯、修辭（合稱trivium）三種教育的傳統。

23 原注：參見Corrado Federici, review of Charles Le Blanc's French translation of *De interpretatione recta*, *TTR: Traduction, Terminologie, Rédaction* 23, no. 1 (2010): 191–194, accessed January 16, 2017, http://id.erudit.org/iderudit/044934ar.

24 原注：Étienne Dolet, *La manière de bien traduire d'une langue en aultre*, trans.James S. Holmes, in *TTP*, 73–76.

25 原注：Thomas Wilson, preface to *The Three Orations of Demosthenes*, in *TTP*, 89. See also ibid., 211; Bassnett, *Translation*, 76.

26 原注：Kenneth Rexroth, "The Poet as Translator," in *World Outside the Window: The Selected Essays of Kenneth Rexroth*, ed. Bradford Morrow (New York: New Directions, 1987), 171; Dryden, preface to *Ovid's Epistles*, 18, 31.

27 原注：Alexander Fraser Tytler, *Essay on the Principles of Translation*, in *TTP*, 190, 193.

28 一八〇二～一八八四，英國詩人、評論家，最知名的詩作為《*Orion*》。

29 原注：R. H. Horne, "Remarks on Translation," ibid., 213.

30 用來比喻因為一件微不足道的小事而大驚小怪的行為。

31 一八一九～一八八〇，本名瑪麗・安・伊凡斯（Mary Anne Evans），英國維多利亞時代三大小說家之一，與狄更斯和薩克萊齊名。以深刻剖析平凡小人物之心理，開創現代小說通常採用的心理分析創作方式。最知名的作品為《織工馬南傳》與《福洛斯河上的磨坊》。

32 原注：George Eliot, "Translations and Translators," ibid., 220.

33 一六三二～一六七七，西方近代哲學史重要的理性主義者，與笛卡兒和萊布尼茲（Gottfried Wilhelm Leibniz）齊名。

34 一八〇四～一八七二，德國哲學家。主要著作有《黑格爾哲學批判》和《基督教的本質》等。

35 一八二二～一八八八，英國詩人、評論家、教育家。著有《文化與無序》（*Culture and Anarchy*）、《文學和教條》（*Literature and Dogma*）等書。

36 一八〇五～一八九七，英國學者，多才多藝的作家。

37 原注：F. W. Newman, preface to *The Iliad of Homer*, ibid., 226; Matthew Arnold, *On Translating Homer*, ibid., 227, 229–230. See also Bassnett, *Translation Studies*, 69.

38 一六六二～一七四二，英國古典學者、評論家和神學家。

39 一六八八～一七四四，英國最偉大的詩人之一。代表作有諷刺詩《劫髮記》（*The Rape of the Lock*），他也翻譯希臘的重要史詩《伊利亞德》和《奧德賽》，獲得極高的評價，牛津語錄詞典中所收錄的波普句子，僅次於莎士比亞。

40 一八二八～一八八二，英國畫家與詩人，前拉斐爾派創始人。

41 原注：Richard Bentley, quoted in *TTP*, 166; Dante Gabriel Rossetti, preface to *The Early Italian Poets*, ibid., 254. Pound's retort to Bentley: "[Pope] has at least the merit of translating Homer into something."

42 波耳戰爭是在十九、二十世紀交替之時，英國和南非波耳人之間的戰爭，波耳人為在南非境內，由荷蘭、法國與德國後裔組成的民族。

43 原注：Lt. Col. Paul T. Darling, "'Terps to Troops," *Armed Forces Journal*, February 1, 2011, accessed January 8, 2017, http://armedforcesjournal.com/terps-to-troops; cf. Kelly and Zetzsche, *Found in Translation*, 39.

44 一八八九～一九三〇，蘇格蘭作家、翻譯。

45 原注：Jean Findlay, *Chasing Lost Time: The Life of C. K. Scott Moncrieff, Soldier, Spy, and Translator* (New York: Farrar, Straus, and Giroux, 2015), 3–4, 210, 215–217, 227–229.

46 原注：Bernard Turle, *Diplomat, Actor, Translator, Spy*, Cahier 19 (Paris: Center for Writers and Translators, American University of Paris, 2013), 12.

第三章

純語言

雖然許多譯者會說，他們的工作價值仍可悲地遭到低估，但從一九五〇年代晚期，翻譯的命運已經開始反轉。過去幾十年來，「翻譯研究」異軍突起。這學門原本隸屬於文學或語言學的分支，然而其動能持續增加，越來越多大學開設獨立的翻譯學程。翻譯研究的中流砥柱，自然是關於翻譯意義與目的的理論，核心課程雖然含括許多影響深遠的理論倡導者，但其中兩位德國人顯然可說在形塑當代翻譯思潮上最為重要：施萊爾馬赫（Friedrich Schleiermacher）[1]與班雅明（Walter Benjamin）[2]。

施萊爾馬赫是哲學家與神學家，曾在一八一三年的演講「論不同的翻譯法」（On the Different Methods of Translating）中，駁斥德萊頓及其陣營的主張，否認譯者應該把目標放在流暢的文字。相對於「模仿者只想為讀者製造出類似原作當代的讀者所接收到的印象，」施萊爾馬赫指出，「真正的譯者會想把作者和讀者連結起來。」施萊爾馬赫的目標是引領讀者「理解原文的語言……讓讀者能和懂得原文的譯者一樣，從作品中得到相同的印象。」換言之，翻譯應保持原文特色，藉由盡可能模仿原文，一方面強調譯文本身的地位，同時啟發讀者對原文特質的理解，聽起來越像外文越好。施萊爾馬赫說，若依照原文的語法和用法，使譯入語轉變成不熟悉的模樣，那麼翻譯能激發譯入語的活力，更新其語言資源——正如歌德在不久之後說：「任何文學如果缺乏外來語言的參與和更新，終將了無生氣。」[3]

施萊爾馬赫是在十九世紀初寫下這想法，那時德語圈的語言和文化需要以這種方式恢復活力（就像英文在十一世紀時和諾曼人帶來的法語接觸，從中獲得活力，在二十世紀又受到意第緒語和西班牙語等語言影響，增加生命力）。後來，他那「維持作者不動，讓讀者更往作者靠過去」的主張，得到其他異化論提倡者的接納——這些提倡者希望英文能朝著原文的規範傾斜，以抵抗所察覺到的英美民族優越感，並認為施氏的主張可抗衡當代多數翻譯作品的帝國主義、「歸化」取徑（詳情參見後文）。諷刺的是，施萊爾馬赫的主張其實隱含著建立民族國家的潛台詞，這一點可追溯到羅馬時代——因此，所有外國寶藏納入條頓人的倉庫，乃是歷史必須。這聽起來不僅是理想，也帶著不祥的意味：

> 將外國植物移植過來之後，我們的土地才變得更加豐富肥沃、氣候更加溫和宜人；同樣的，只有盡量透過多方面與外國接觸，才能讓我們的語言散發活力，完全發展出自己的力量。正巧我們的國家可能注定……具備所有外國藝術與學術的寶藏，加上原本已擁有的，即可以自身的語言將那些寶藏整合成偉大的歷史整體，將之保存在歐洲的中央核心，這麼一來，藉由我們語言的幫助，即便是最殊異的時代之美，都能供所有人分享。[4]

班雅明在一九二三年寫的〈譯者的任務〉（The Task of the Translator）常有人引用，文中也蘊含著相關的理想主義。就像施萊爾馬赫，班雅明也否認譯作的「最高禮讚」是「讀起來像原本即以那種語言寫成」。好的翻譯反而「不能掩蓋原作、不會遮蔽原作的光芒，而是讓純語言彷彿透過自身的媒介強化，將原文照得更光亮。要達到這一點，最重要的是透過直譯語法……譯者的任務是把困在作品中的純語言，透過他的語言釋放出來。」[5]釋放這種存在於原文和譯入語之間的理想語言，翻譯就能把原作提升到「更高與更純粹的語言空中」，這樣這作品就有了「來生」，並得以存續。

班雅明的這篇文章已成了翻譯學生必讀的經典，提供許多值得深思之處。首先，他挑戰翻譯就是傳達意義的既定觀念。他把翻譯比喻成重組碎裂的花瓶，主張「翻譯不是重組原文的意義，而是要帶著愛，仔細融入原文的意指模式（mode of signification），讓原作和翻譯都能被當成更大語言的碎片。」這種「更大」或「純粹」的語言，「不再意味或傳達任何事」，而是透露出「語言的親族關係」。這親族關係是「蘊藏在整體語言中的意念……任何語言都無法僅憑自身就獲致。」

雖然班雅明把譯者的任務理想化，但他在文章裡依然延續原文及其影子的性質二分法；詩人的意念是「自然流露、初始的、如圖畫生動」，而譯者的意念則是「衍生、終極、觀念性的」，推論起來就是次級的。不僅如此，原文提供的內容和語言具有一體性，「就像是水果與果皮」，但翻譯只能包起內容，無法將兩者合而為一。翻譯永遠只能在外觀看，無法成為自身意義創造活動的參與者。

班雅明把翻譯視為是衍生、抽象的，認為其終極價值不是產生新的文學作品，而是「拓展德語的界限」，和施萊爾馬赫在前一個世紀提出的理由一樣。我們或許可主張，在今天這個時代，譯者真正的任務是，藉由引進其他地方的豐富資產，強化某文化所能給予之物，和國民（讀者）共享。不過班雅明一開始就排除這類考量：「在鑑賞藝術作品或藝術形式時，考量觀賞對象從未能帶來成果……沒有任何詩是為讀者而寫，沒有畫是為觀看著而畫，沒有交響曲是為聽眾而演奏。」因此，「每當翻譯承擔起為讀者服務的責任，」本質上就失敗了。翻譯是「更高、更純粹的語言空氣」之氣息，是指出向前的路，但從未抵達；它指向的是「所有語言在經過妥協與滿足後，仍無法達到的領域。」這是很誘人的理論架構，正如馬拉美（Stéphane Mallarme）[6]認為「渾然天成的書」（the quintessential Book）是超越所有書籍的終極之書，或是布勒東的「在某個心靈狀態下，不再把生與死、真實與想像、過去與未來、可溝通與不可溝通、高與低當成相互牴觸。」[7]但少了人的存在、忽視人類反應，只存在稀薄的大氣中，就和真正的語言交流失去聯繫。這樣的終點或許不是純粹，而是貧瘠。

從實際層面來看，施萊爾馬赫的「真正翻譯」與班雅明的「純語言」都有個缺點：翻譯理論家安德烈・勒弗菲爾（Andre Lefevere, 1945-1996）指出，「是大力為『翻譯腔』辯護」，其產物實際上和蹩腳的英文翻譯難以分辨。此外，兩者的影響都是把翻譯理論從實踐轉向更偏向形式、語言學和數學衍生的取徑（充滿圖表，以及X、Y軸），試圖把翻譯策略簡化為一套永恆不變、可量化的明確法則。翻譯研究從翻譯理論家詹姆斯・霍姆斯（James S. Holmes, 1924-1986）稱為「文學研究界的未開發國度」，逐漸建立起自己的國度。我們也在偽科學的嘈雜路線上，發現越來越多的主張。備受尊敬的霍姆斯還說：「顯然研究儲藏量必定相當完整，而且夠複雜，才能容納各種參數軸。其中主要的一種，當然就是微小結構－中結構－大結構（從字素／語素到詞位、句子、超句單位到文章）……」8

會發生這種情況，部分原因是學術界認為理論越深奧難解越好，因此這情況乃是可預測的結果，而理論又成了學術界用來自我辯護的正當理由——尤其許多提倡這種理論的作者，本身並沒有實際翻譯經驗。這似乎像是「不會做，就教人怎麼做」的經典範例，但實情更加複雜。誠然，擷取觀念並扭出新的形態——亦即把舊有觀念翻譯成新觀念——是很令人躍躍欲試的智識活動，而且此舉也跟寫作本身予人的誘惑度不相上下。多數翻譯實務與許多較陳舊的翻譯理論，確實包含常識且經過試煉，但這樣的特質不太吸引人，無法讓人在美國文學協會或美國文學翻譯協會的研討會中，提出能引發大量激辯的研究報告，建立起學術名聲。

別誤會：我當然重視理論學問，尤其是能打破正統的理論；若能迫使自己質疑過去的成見時尤其如此。問題是，許多從學術界衍生的理論不太能幫助人理解翻譯是什麼，或從實務立場來看，無法催生更好的翻譯作品。整體而言，幾個世紀前的翻譯主張旨在維護或抨擊既定翻譯法，當前的翻譯研究則注重翻譯更概念化的部分。這拉大了翻譯究竟是一門藝術或技術之間的鴻溝，常把翻譯論述越來越推往非實用領域。極少數的學門在研究其主題時，似乎傾向於說明該研究主題徒勞無功，而翻譯理論正是其中之一。

事實上，有人認為翻譯的徒勞無功與即將死亡是既成事實。言詞挑釁的詩人肯尼斯．戈史密斯（Kenneth Goldsmith）在一篇砲聲隆隆的短論《反翻譯：移位是新翻譯》（*Against Translation: Displacement Is the New Translation*，以八種語言盒裝出版）中，讓貨真價實的翻譯（translation proper）與移位（displacement）形成對比。他說貨真價實的翻譯「是人文學者的終極姿態……是過度謹慎的造橋人……是失落世界華而不實的追求」；移位則是挪用，是「粗魯、不一致……粗暴的事實」，是當代脈絡下唯一可以把一種文本的理解，轉換成另一種理解的有效方法。為什麼是唯一有效的方法？戈史密斯引用約翰．凱吉（John Cage）[9]的說法，指出語言本身是軍國主義結構，「有和軍隊一樣的配置」，因此是「隨時準備面對衝突。」戈史密斯呼應這說法：「質疑語言結構、質疑政治結構。」[10] 換言之，與其浪費時間討論諸如忠實或異化，不如將更多文字投入奇特的環境。這些都有道理，也有點無濟於事。

我承認，身為立足實務領域的譯者，我沒有多少耐心跨越折磨人的理論障礙，也不想把時間花在喊起來簡單、卻不容易看出意義的漂亮口號，或看似設計來討研究生喜愛的複雜公式上。就像讓一個人學會什麼是文章結構和情節安排，並不足以把這人變成偉大作家，翻譯理論也無法催生更好的譯者。**那**部分發生的地方，就像喬伊斯（James Joyce）[11] 說的，是在我們靈魂的打鐵鋪——在於我們能對自己所翻譯的題材感同身受、在於能從自己語言能力中攫取的資源；在於我們可以操控直覺，確切選擇如何傳達語調、思維、感受、音樂、資訊、情感與節奏的特殊組合。

話雖如此，在過去半個世紀，翻譯主題得到正視與探究（即使這表示，為了好好探究，得先沖洗掉大量的淤泥），這表示看待翻譯這門學科的態度出現令人欣喜的演進，認為翻譯是值得注意、研究的，不應輕忽，且和其他文學學門一樣應獲得相同的尊重。或許更重要的是，現代翻譯理論所提出的考量，包括文化挪用、性別研究與後殖民政治，也可能迫使我們去質疑翻譯實踐所蘊含的假設——是真正的反思，而不是像戈史密斯那樣耍嘴皮——並使之獲得新生，恢復它經常缺少的倫理層面，也就是我所指的**人性**層面。

學術性的翻譯理論顯得越來越抽象，也可在翻譯的業界找到類似的情況，只是後者更缺乏人性。機器翻譯可說遵守聖奧斯定派的作法到了極致，排拒任何個人特色或創意，偏好更系統化、規範性的過程，盼能達到效率與精準的目標。雖然機器翻譯頂多是不完美的工具，主要用在非文學性質的翻譯，但不難想像隨著人工智慧漸趨成熟，複雜的演算法或許能為機器翻譯賦予文學翻譯所仰賴的差異性。

自動翻譯的夢想由來已久，與想要逆轉巴別塔的普世共通語言攜手並進——例如施萊爾（Johann Martin Schleyer）[12]於一八七九年提出的沃拉普克語（Volapük），或是柴門霍夫（Ludwik Zamenhof）[13]一八八七年提出的世界語（Esperanto）。在他們之前，還有萊布尼茲（Gottfried Wilhelm Leibnitz）[14]等人嘗試過世界文法。翻譯輔助裝置起初的構想，是要用來輔助同步翻譯——第一項有專利的機器，點子取自波士頓百貨業大亨愛德華・菲林（Edward Filene），因此稱為「菲林芬雷口語翻譯機」（Filene-Finlay Speech Translator），並在一九二六年推出。到了一九四五年，紐倫堡大審中首度使用機器輔助口譯，使得機器輔助翻譯一舉成名。當時使用的裝置很引人矚目，因為它同時提供四種語言（英語、法語、俄語與德語），可說是前所未見之舉，但仍仰賴人類譯者對著像電話一樣的接收器說出口譯內容。[15]

現今的機器輔助翻譯是受到二次大戰期間，英國布萊切利園（Bletchley Park）解碼員所啟發，其基礎是相信語言本身是待解讀的密碼——再一次，翻譯又成為密碼解讀者，就和間諜一樣。瓦倫・威弗（Warren Weaver）是洛克斐勒基金會副總裁，其一九四九年的備忘錄是第一波機器翻譯的研究，內容相當具啟發性：「我閱讀一篇俄文文章時，會說：『這其實是以英文寫成，只是以某種奇怪的符號編碼。我現在要來解碼。』」[16]威弗認為語言是可互換的系統，呼應班雅明「語言親族關係」的概念，而最早的機器似乎也印證他的想法：雖然不免粗糙，卻因為前景可期，得以吸引大量政府經費挹注，並讓人抱持高度樂觀的態度，認為全自動翻譯指日可待。不過，語言實際運用時的複雜程度甚高，一九五〇年機器翻譯資料的結果令人非常失望，便說明了這一點。

當然，這問題在於軟體是直譯的，但語言不是。文字在另一種語言未必有直接對應，即使有，也不一定一致。脈絡的細微變化讓一模一樣的語意結構產生截然不同的意義；人類的大腦可以察覺這一點，但機器無法做到。比方說，該怎麼教電腦分辨pager（呼叫器）、paler（比較蒼白）與paper（紙張）字尾的er代表不同功能呢？或者判讀「Check tires for wear and damage」（檢查輪胎是否磨損與損壞）中，damage是名詞或動詞？或者「He ran the man down」的意思是，他逮捕這男人、他使這男人精疲力竭，或是開車撞了這男人？隨著研究持續進行，找到的類似例子越來越多，人們發現機器的翻譯品質不佳，對於機器翻譯的熱忱也跟著減退。17

近幾十年來，機器翻譯又重新引起研究者的興趣，因為數位科技的發展讓機器有更細膩的分辨能力；但即使到了今天，電腦仍經常需要人類輔助。以我的經驗為例，我曾經手一項商業翻譯案，負責編輯大量電腦產生的草稿。我在梳理電腦譯出的大量文字時，常碰到這類牛頭不對馬嘴的情況：「釘子、螺絲、鉸鏈、草莓……」——這段落中，原文的「fraise」這個法文字並未依照此處需求譯成「鑽頭」，而是譯成更常為見的「草莓」。這也讓我納悶，乾脆從頭開始翻譯會不會更快、更有效率？但是科技的世界當然「今非昔比」，我們可以期待電腦終究能學會分辨軟軟的水果與五金之間的差異。只是至少在近期，機器翻譯仍需要某種形式的人類後製編輯。

此外，機器翻譯主要仍以實用性翻譯為主，例如商業、科技文件或新聞報導。越是遠離字字對應，越深入有大量的細微差異、新詞彙與模糊性的文學領域，機器翻譯就越派不上用場，連其擁護者也大方承認這一點。「機器翻譯的目的，」一群作者寫道，「一方面是讓人類譯者不必再處理枯燥重複、缺乏美學價值的作品；另一方面，則可加速與促進全球資訊傳播……翻譯小說和詩歌並非機器翻譯的任務。」[18]

不過，並非人人都願意把機器限制在這麼功能性的瑣事上。一九五〇年代，語言學家安東尼·奧廷格（Anthony G. Oettinger）[19]在一篇標題相當令人生畏的研究〈自動〔轉移、翻譯、匯款、分流〕〉（Automatic [Transference, Translation, Remitance, Shunting]）[20]中就預測，電腦終將讓譯者從「手工與心志勞動的枯燥例行公事中」解脫，並高唱這種「大量生產……組裝線」般的翻譯活動可說好處多多。奧廷格說的不光是科技或商業翻譯，因為他所構想的程式能察覺到一字多義，可處理人類在寫小說與詩歌時最愛使用的多重意義。遇到有許多意義的字時，電腦會把可能的譯法集結在括號中（就像奧廷格的標題），供人類操作者選擇。「編輯拿到（小說）原文，自動辭典就能做出翻譯。這麼一來，編輯即可把注意力放到歷史與文學脈絡、細微差異與風格。」奧廷格歡欣鼓舞，彷彿細微差異與風格只是花俏的裝飾。「就只剩下選擇、組合，視喜好調味。」[21]翻譯幫手——只要加水就行了。

任何編輯過翻譯作品的人都知道，「調味」是最無需擔憂之事。修改一篇翻譯就和翻譯一部作品一樣，需要動用人類直覺來評估，且非常仰賴直覺——至少想避免落入劣譯標準特質的陷阱時是如此。用Google（谷歌）翻譯文學性的文本，即可看出這一點。Google是世界各地旅人的良伴，可向捷克藥師解釋你需要阿斯匹靈，或讓你了解外語網站的概要，但在處理純文學時，效果頂多是差強人意。切記，Google本身是搜尋引擎，不是翻譯程式；它的運作方式不是生產一段新的譯文，而是存取大量飄浮於網路語料庫中的既有翻譯。理論上，這表示越受歡迎、越容易在網路上找到的文句，Google越可能「產生」精準的翻譯。但即使如此，翻譯的成果也不盡相同。比方說，普魯斯特《追憶似水年華》開頭的名句是：「Longtemps je me suis couche de bonne heure（很長一段時間，我都早早就寢）」，Google譯出的英文是「For a long time I went to bed early」，幾乎是將英譯者史考特．蒙克里夫的譯作字字複製；不過卡繆同樣知名的《異鄉人》開頭句子「Aujourd'hui maman est morte」，卻譯成了「Today, my mother is dead（今天，我母親死了）」，雖然還算準確，但是和史都華．吉爾伯特（Stuart Gilbert）

的標準英文版本「Mother died today（今天母親死了）」，以及作者的意思就不同。越是複雜、越是不知名的引用句若透過Google翻譯，我們不難預見翻譯結果就像拼湊了準確的短句、不自然的語法，以及胡言亂語，讀起來就像舶來品電器的使用說明。[23]

或許隨著科技進步，這些問題都能迎刃而解，也或許現存語言不斷演變出的奇特用法和詞彙，總會讓最靈巧的電腦也無法應付。目前，對我們這些鍾情於個人風格等概念的老派譯者來說，倒是可從以下事實感到寬慰：談到文學時——相較於可計算的規則與選擇的事物，例如西洋棋——電腦還需要多一點點時間好好努力，才能追上人類。說到這問題，就要提到幾年前俄羅斯電腦曾嘗試翻譯英文的「The spirit is willing but the flesh is weak（心有餘而力不足）」。這是語言尚未純粹化最令人鼓舞的證據，也該放在每位人類譯者的備忘板上。電腦以機械的沉著冷靜吐出回答，想必在它的迴路裡聽來是完美無缺的類比：「伏特加很烈，但肉已爛。」[24]

1 一七六八～一八三四，被稱為現代神學、現代詮釋學之父，主張神的臨在性，也就是強調宗教「感覺」。

2 一八九二～一九四〇，德國籍猶太裔思想家、哲學家暨文學、藝術評論家，曾與德國作家兼譯者黑瑟爾（Franz Hessel）合譯《追憶似水年華》最初幾冊。

3 原注：Friedrich Schleiermacher, "On the Different Methods of Translating," trans. André Lefevere, in *TTP*, 207–208; Goethe, quoted by Lawrence Venuti, *The Scandals of Translation: Towards an Ethics of Difference* (London: Routledge, 1998), 77.

4 原注：Schleiermacher, "Different Methods," 209. Cf. Lawrence Venuti, *The Translator's Invisibility: A History of Translation*(London: Routledge, 1995), 117–118.在類似的脈絡之下，德國哲學家與評論赫爾德（Johann Gottfried Herder）在施氏提出這主張的大約五十年前，把翻譯比喻為漫步「穿過外國花園，為我的語言摘取花朵。」

5 原注：此處引言與以下三段引言出自Walter Benjamin, "The Task of the Translator," in *Illuminations*, trans. Harry Zohn (New York: Schocken, 1969), 69, 70, 71, 74, 75, 76–77, 78–80. Cf. Steiner, *After Babel*, 300: "The work translated is enhanced. … To class a source text as worth translating is to dignify it immediately and to involve it in a dynamic of magnification."

6 一八四二～一八九八，法國象徵主義詩人、文學評論家。與蘭波、魏爾倫（Paul Verlaine）同為早期象徵主義詩歌代表人物。代表作有《希羅狄亞德》（*Hérodiade*）、《牧神的午後》（*L'après-midi d'un faune*）、《骰子一擲》（*Divagations*）等。

7 原注：André Breton, "Second Manifesto of Surrealism," in *Manifestoes of Surrealism*, trans. Richard Seaver and Helen R. Lane (Ann Arbor: University of Michigan Press, 1969), 123.

8 原注：André Lefevere, "German Translation Theory: Legacy and Relevance," quoted by Venuti, *Translator's Invisibility*, 117 (see also 318); Astradur Eysteinsson and Daniel Weissbort, introduction to *TTP*, 4 (citing title of talk by James S. Holmes); James S. Holmes, "Describing Literary Translations: Models and Methods," in *TTP*, 421.「未開發國家」現在已成為開發中國家，有些人甚至說已開發國家：

想一窺當代卓越的各家翻譯理論梗概，請參見*The Translation Studies Reader*, ed. Lawrence Venuti (London: Routledge, 2004).

9 一九一二～一九九二，美國前衛古典音樂家。最有名的作品是一九五二作曲的《4'33"》，全曲共三個樂章，卻沒有任何一個音符。

10 原注：Kenneth Goldsmith, *Against Translation: Displacement Is the New Translation* (Paris: Jean Boîte, 2014), 1, 3, 4–5; John Cage, foreword to M: Writings '67–'72, quoted ibid.

11 一八八二～一九四一，愛爾蘭作家和詩人。代表作包括短篇小說集《都柏林人》、長篇小說《一個青年藝術家的畫像》、《尤利西斯》，以及《芬尼根的守靈夜》。

12 一八三一～一九一二，德國天主教司鐸。

13 一八五九～一九一七，波蘭眼科醫生。

14 一六四六～一七一六，德國哲學家、數學家，歷史上少見的通才，被譽為十七世紀的亞里斯多德。

15 原注：亦參見Joshua Foer's article about a man losing control of his own invented language: "Utopian for Beginners," *New Yorker*, December 24/31, 2012, 86–97.

16 原注：Warren Weaver, "Translation," quoted by Sergei Nirenburg, Jaime Carbonell, Masaru Tomita, and Kenneth Goodman, *Machine Translation: A Knowledge-Based Approach* (San Mateo, CA: Morgan Kaufmann, 1992), 3. 哲學家維根斯坦曾稍微預示了這情況，他說：「把一種語言翻譯成另一種，是數學的任務，比方說，把一首抒情詩翻譯成外語，就很像解一道數學難題。」(Ludwig Wittgenstein, *Zettel*, 698, quoted by Steiner, *After Babel*, 275).

17 原注：Bellos, 247–258, 260; Nirenburg et al., *Machine Translation*, 2–7. For additional examples, see ibid., 11, and Nida, *Toward a Science*, 262.

18 原注：Nirenburg et al., *Machine Translation*, 9–10.

19 一九二九～，也是電腦科學家，以其資訊資源政策（information resources policy）最為人所知。

20 奧廷格這篇文章標題，是把一篇俄文文章的篇名「АвтоматическийПеревод」交由機器翻譯。其中Автоматический對應的是Automatic；Перевод則有四個對應字Transference, Translation, Remittance, Shunting，這四個選項會放在括號中供人選擇。

21 原注：Anthony G. Oettinger, "Automatic (Transference, Translation, Remittance, Shunting)," in Brower,

On Translation, 258. 俄羅斯的ProMT公司專門為企業客戶製作機器翻譯軟體，近年該公司執行長指出，他們的程式可以為文學翻譯生產粗略的草稿，雖然「在出版之前應該要有人微調。」(*Publishers Weekly*, April 20, 2009, 16). iPhone的手機應用程式Babelshot也同樣聲稱，「翻譯外國報紙、小冊子、菜單，甚至產品手冊的效果都很好，」但是不包括經典文學。發明家雷．庫茲威爾（Ray Kurzweil）預測，機器在二〇二九年，就能達到人類理解語言的水準(Kelly and Zetzsche, *Found in Translation*, 230).

22 一八八三～一九六九，英國文學學者與翻譯家。曾翻譯托克維爾（Alexis de Tocqueville）、馬爾羅（André Malraux）、聖修伯里、西默農（Georges Simenon）、考克多（Jean Cocteau）、卡繆、沙特等知名法語作家的作品。亦曾協助將喬伊斯的《尤利西斯》譯成法文。

23 原注：想看看Google翻譯文學作品的成效個案研究，參見Esther Allen, "Can Google Help Translate a Classic Novel?" *Publishers Weekly*, August 26, 2016, accessed October 22, 2017, https://www.publishersweekly.com/pw/by-topic/industry-news/tip-sheet/article/71273-google-translating-a-classic-novel.html.

24 原注：Kelly and Zetzsche, *Found in Translation*, 226.

第四章
美文不忠

十七世紀法國評論家梅納日（Gilles Ménage, 1613-1692）創造出「美人不忠」（les belles infidèles）一詞，沿襲法國格言悠久的性別歧視傳統，將翻譯比喻成女人，認為女人可以美麗，或者忠實，但絕不可能兩者兼備。梅納日的俏皮話道出了當時主宰法語翻譯作品的傾向。達布朗庫（Nicolas Perrot d'Ablancourt）[1]的翻譯就是一例，目的是「更新」古希臘文和拉丁文的文本——換言之，刪除粗俗語言或性暗示，並將貨幣與敬語等詞彙，轉換為與當代法語對應的用法——這樣才能吻合易懂與優雅的主流標準。翻譯是「美麗的」，讀起來要通順，符合消費者期待，但以嚴格的「忠實」標準來看卻不合格。這種傾向傳播得既久又廣，甚至稱為「美人不忠法則」。不過，這其實不是什麼值得特別注意的現象。美與忠實之間的爭議從開始出現之後，兩千年來從未化解過。

這個爭議會延續得如此長久，是因為從來沒人能一勞永逸，給翻譯脈絡中的「忠實」下定義。德萊頓抱怨過，原文作者「可以隨一己之喜，轉換與更動想法，直到他認為達到和諧為止；但可憐的譯者無此特權，只能用這樣的表達方式來演奏。」學者麥克・漢恩（Michael Hanne）的看法比較正面，主張「只有美麗的翻譯，才算真的忠於優秀的原作。」格羅斯曼提醒：「忠實絕不能與直譯混為一談。」艾可以作家身分表示，所謂忠實的翻譯，是「英文文本確切說出我想說的話」，不管它是否偏離義大利文。格羅斯曼還說，波赫士更進一步建議譯者，以優美明晰的單音節英文字，取代他西班牙原文中的多音節用字。「把我簡化，」他指示，「讓我素樸。我的語言常讓我難為情。它太年輕、太拉丁……讓我變陽剛、像牛仔般精實。」[2]

這些作法的本質其實相當一致，卻都缺乏結論，意味著翻譯會隨環境變動，沒有絕對的答案。閱讀文本的理由五花八門，譯者若要「忠於」不同的原文，也有不同的方式可以採用。你或許能以玩世不恭的語調，成功傳達俳句的氣氛或連環漫畫的幽默，但有時又像文藝復興時期的聖經翻譯，你若無法在風格與精準間拿捏適當平衡，可能會慘遭火刑。

提倡直譯的人主張，保留外語的異國特性，把讀者帶到作者面前，好處在於可讓讀者從熟悉的空間轉移到新的地方（雖然也可以說，無論出自何處，任何好的文學作品都做得到這一點）。若把這一點發揮到極致，就會像馬克・吐溫把自己作品的法語譯文，以諧擬的方式回譯：「曾有一次，這裡有個人以吉姆・史麥里（Jim Smiley）的名字為人所知……」[3]若不那麼極端，則可能保存特定的文化指涉，提醒讀者此作品的外來地位。法國梅尼耶巧克力（Menier）的一個舊廣告中，一個孩子草草寫下「Evitez les contrefaçons」，我們或許可以把這句話翻譯為「避免模仿」，或大家更熟悉的「別無分號」。前者讓我們一瞥法國人的思考方式，後者則是「讓文本更貼近讀者」。哪一種比較忠實？

同樣的，譯者兼學者羅倫斯・文努提（Lawrence Venuti）[4]批評威廉・韋弗，認為韋弗一九六八年翻譯卡爾維諾的《宇宙連環圖》（*Cosmicomics*）時，不應該以noodle（麵條）取代原文的tagliatelle（寬扁麵）。文努提主張，寬扁麵的特殊性與義大利感是這部作品的特色來源，但在英文中被抹除了。[5]我們大可以幫韋弗辯護，因為他的用詞對美國讀者而言比較熟悉，能維持文本的效果，不會讓英語系讀者對義大利人視為理所當然的東西一頭霧水。不僅如此，語言和用法是會改變的：寬扁麵在五十年前對大家來說很陌生，現在一般人都知道是什麼。

不用說，對於來源的文化與語言有完整的了解與共感是非常重要的，否則你最後可能完全誤解寬扁麵的意涵，或以納博科夫舉的例子來說，沒把「bien-être général」譯成「overall well-being（整體的安康）」，反而犯下「it's good to be a general（成為將軍很美好）」的愚蠢錯誤。俄語譯者朱德森・羅森葛蘭特（Judson Rosengrant）主張，「好的翻譯」既是「學問，也是藝術，彼此相輔相成。」這是高尚的理想。同時，扎實的理解並不保證能翻譯出貼切的譯文，有時甚至會礙事，因為太了解了，反而覺得每個可用的翻譯選項都不恰當，無所適從。

我主張，要交出合格的譯本，比起能捕捉原文中所有細微差異，最關鍵的條件是有能力以自己的語言來寫作的才華。我們可以裝滿一桶桶的學者（之後把他們推到懸崖下），這些學者可辨識出外語文本中所有細微差異，自己卻缺乏文采，無法重新創造出這些微妙之處。「所有最糟糕的翻譯都是出自外語專家之手，他們不太理解或完全不知道自己所翻譯的東西讀起來應該要有詩意，」彼得．科爾（Peter Cole）抗議道，「外語學者多半關心語意精準度，常譯出可能精準的意義，卻是失色或笨拙的譯入語版本。」這不只關乎學術上的對等，也關乎語言上的氛圍。雖然有些譯者選擇住在國外，但我認為，周圍有譯入語的包圍反而很重要，才能跟得上譯入語不斷變化的色彩和調性。曾有人問知名西班牙文譯者拉巴薩，他的西班牙文有沒有好到足以翻譯馬奎斯的《百年孤寂》，他的回答很精明：真正的問題應該是他的**英文**夠不夠好。[6]

如果翻譯應是**服務**原文文本，追尋難以捉摸的對等，那麼翻譯注定只能得到負面的評價——或是取貝克特的大意[7]，頂多只能說翻譯失敗得有多好。但如果把翻譯本身視為一種創作，能極盡所能地傳達他人文本所蘊含的精華、精神及形式，且能展現出文字的美好，那麼翻譯就不再是不可能的追求，而更可能是（借用曼海姆的闡述）翻譯本身就是一種演出，應該就其功過進行評價。我不使用**對**

等或其他常用詞彙——例如**再創造**、**認同**、**類比**、**匹配**——而是採用**再現**。好的翻譯不是複製原作，而是詮釋、再現，就像一齣戲劇或奏鳴曲的表演，是劇本或樂譜的一種再現，是許多可能的再現之一。這樣類比吧：就像一首你喜愛的歌曲變成悅耳的翻唱版，聽起來或許不像原唱，但是這翻唱版能找到那首歌的精華，以不同的方式再創作；這麼一來，聽眾聽到的歌曲既保留那首歌的樣貌，又讓人覺得耳目一新。不僅如此，我還要挑戰羅森茲威格對譯者的定義，一個廣為人知的定義：「服侍兩個主人」——外國作品，以及譯入語讀者。譯者對文本和讀者有特殊的責任，但不是為這兩者服務。相反地，譯者是創造出新的東西，不僅並未貶低原作，還為世界文學增添價值。

文本是否產生理想的效果永遠是個問題，而答案終究是主觀的：譯者必須先詮釋原文，看看對自己有什麼效果，之後以有別於作者的語言與文化，重新把這效果呈現出來。原文對其他讀者的效果是否一樣是不得而知，之後每一次閱讀（包括譯者自己閱讀）是不是有相同的效果更是難說。但好譯者會盡可能憑自己的能力與判斷產出譯本，他們把自己在閱讀原文時產生的種種反應編織成一張複雜的網子，也能營造出很可能也會誘發他人相同反應的場景。

我們一再看見，**忠實**是永遠辯論不完的，意義容易任人定奪，怎麼說都行，最後終將失去意義。翻譯必須再現原文，盡量讓譯入語讀者體會到其所依據的文本中蘊含的精神、目的、喜悅（或厭惡），以及活力（或懶散）。譯文向讀者訴說時，要讓讀者明白原文為什麼值得翻譯——譯文必須要有**說服力**。

不像聯合國政策演講或雙語醫學諮詢的同步口譯，文學翻譯不會帶來立即後果，但仍會引起具有深刻政治與倫理意涵的議題。這些議題可追溯到古羅馬人及其採用希臘雄辯術的時期，而對當今關心文化霸權與賦權思考的我們來說，重要性依然不減。

譯者的責任究竟是什麼，又能實現得多好？答案可歸結為兩個沒那麼簡單的詞：**尊重**與**同理**。尊重自己所翻譯的作品、它來自什麼地方（包括地理與心理意義），尊重身為譯者的辛勞，也尊重最後將吸收這份心血結晶的讀者。譯者也要同理作品背後的意念。加內特主張，譯者的首要資格是「和所翻譯的作者有同感」，而且「愛上文字」與其所有的意義：「一個國家的語言是其人民的靈魂，如果你貶低那個語言，就等於貶低了那個國家的人民，剝奪了他們所繼承的傳統。」[8]

這並不表示譯者得放下判斷或介入的能力。無論作者是否在世，若要讓他們得到應有的對待，有時表示我們需要調整文字，以便知道何時應避免原文的觀點干擾到閱讀經驗。但尊重不應變成敬畏，否則就會麻木。「就像寫作是高傲的舉動，」譯者伯頓・拉菲爾（Burton Raffel）[9]說，「好的翻譯也是。譯者無法比原作者謙虛。」[10]太過謙虛就會淪為平庸。

話雖如此，但綜觀歷史，我們一再看到以尊敬之名徵召翻譯，使之成為帝國文化擴張行動的步兵。耶柔米是翻譯自由派的早期提倡者，但他仍相信「譯者把思想內容視為囚犯，以征服者的特權，將之移植到自己的語言中。」[11]即使到了現在，我們認為莎士比亞應該感謝亞瑟・高丁（Arthur Golding）[12]翻譯的奧維德、濟慈應感謝查普曼（George Chapman）[13]翻譯的荷馬史詩，或蕭伯納（或曼殊菲爾〔Katherine Mansfield〕[14]、雷蒙・卡佛）應感謝加內特翻譯的契科夫，我們或許想要榮耀原作，但強調的其實是它們對我們語言的益處。

從某種程度來看，我們會很想和法國佬一樣聳聳肩說：「所以咧？」讓自己的文化更豐富多元本身並沒有錯——的確，就像歌德與施萊爾馬赫體認到，如果少了動態交流，語言將會萎縮死亡（因此像法蘭西學院這類機構為規範語言所做的努力，似乎只是徒勞）。不僅如此，翻譯有助跨文化交流，使陌生的他者不再那麼陌生，促成有益的對話，而不是守舊的保護主義者用來填補邊界漏洞的論述。蘇珊・桑塔格（Susan Sontag）[15]提出精闢見解，指出翻譯本質上是「道德的任務，它映照與複製了文學本身的角色，亦即拓展我們的憐憫之心……鞏固並深化我們意識到有其他人、和我們不同的人確實存在，並且也接受這種意識產生的所有後果。」[16]

至於那些不同的人如何察覺其他文化，則多有賴於一個人在語言食物鏈的位置。翻譯理論家會提到「垂直」與「水平」翻譯。第一種是指從「主要」的原文，翻譯到「次要」或「方言」的譯入語（例如今天的西班牙語翻譯成加泰隆尼亞語，或在中世紀時，把拉丁文翻譯成任何語言）；第二種則是兩種力量相等的語言之間互譯。在論及文化強化（cultural enhancement）時，垂直翻譯尤其是討論重點，例如古羅馬人借用希臘文，或是文藝復興時期法國人取用義大利文，或在十九世紀時，施萊爾馬赫提到德語集結「所有外國藝術與學問的寶藏」（參見第三章）。另一個討論翻譯方向的例子，是貝洛斯提到的「往上」或「往下」翻譯。前者的例子如冰島諾貝爾獎得主拉克斯內斯（Halldor Laxness）獲得藍燈書屋（Random House）青睞，後者則像是冰島比雅圖出版社（Bjartur）看上《哈利波特》。同樣的，往上或往下似乎本質上沒有錯，而且有許多作者（包括本書開頭列出的幾名作者）以較少見的語言書寫，透過「往上」翻譯，得到知識與財務上的報酬，並且揚名國際，讓作者得以躍上世界語言與市場。

但如果深究，便會發現這過程中也有其黑暗面。翻譯學者艾蜜莉．艾普特（Emily Apter）指出，翻譯雖能促進交流，卻也同時扮演「語言滅絕的代理人」，導致「弱勢語言遭到淘汰，即使翻譯能讓我們有管道接觸『小』文學的文化遺產。」[17]換言之，翻譯會陷入「做也不是，不做也不是」的困境；諸如英文、俄文或中文等語言的市占率越來越高（部分是透過吸收弱勢文化的產物，就像企業購併一樣），這些弱勢產物遭到邊緣化的威脅也越大，被迫靠著翻譯（最後又會重新定義與塑造這些弱勢產物）才能登上世界舞台，或者完全消失。只要想想凱爾特語族，以及人們為了保存那些語言所付出的努力有多令人欽佩，卻可能徒勞無功就知道。漸漸地，這些語言的文學作品與民間傳說只能靠著翻譯融入主流語言存活，原始版本漸漸消失，或像梵語那樣，只有博學大師才能理解。這是個奇異的弔詭現象，凸顯翻譯不僅具有整合能力，更有挪用能力。翻譯是連接文明的橋梁，也可以用來度量兩種文明之間的鴻溝有多大，有時甚至會擴大那道鴻溝。

你或許會問，這和翻譯像是擺渡者，讓一部作品在不同的語言海岸之間通行有什麼關係？答案是，在彼此連結益發緊密的社會，我們比先前任何時候更需要留意跨文化與跨語境溝通的優點，及其所引發的道德挑戰。美國比較文學學者珊德拉．波曼（Sandra Bermann）寫道：「在這世界上，個別民族國家在金融與資訊的網絡涉入得越來越深，在單一國境之內可能就有多種語言與國族身分存在，而多種語言與身分也可能隨著使用者大範圍的遷徙流散，超越國界範圍。在全球化引發嚴重（且通常激烈）的不滿，恐怖主義與戰爭摧毀信任、帶來毀滅之際，語言和翻譯更是扮演起重要角色（雖然常常不被承認）。」[18]換言之，翻譯成為非常嚴肅的事業，負責操持這事業的人不能是老學究，也不能是那些一天到晚沉思誰是自己對手的詩人[19]。

為了回應這種困境及其對全球的意義，目前這一輩的學術理論家又重燃布匿戰爭（Punic War）[20]的戰火，讓忠於原文與閱讀之樂的爭論，呈現出更邪惡、粗野與更政治化的形態。許多這類理論家認為，把作品翻譯成主要的西方語言，對被翻譯的語言與文化來說是種侵略之舉。的確，有些理論造成了譯者自我憎惡的奇怪現象：譯者一方面哀嘆別人不懂得欣賞自己的努力，同時又厭惡自己成為把其他文化邊緣化的角色；真是怪異的結合。「閱讀二十世紀末與二十一世紀的翻譯理論，」從事翻譯實務的科爾讖諷道，「會覺得許多大理論家如果不是憎惡英語本身，就是純粹憎惡想像力。」[21]

有些學術界人士擁護「異化」的翻譯，刻意無視譯入語習慣，而是保留原文習慣。身為譯者及教授的文努提，追隨法國理論家安東·貝曼（Antoine Berman）[22]的腳步，成為最敢言的異化翻譯策略提倡者之一，他抨擊翻譯流暢的觀念，認為這是「不得要領的花招」，把「英語語言」的價值觀加諸到作品上，例如「好讀、論述明晰，以及有如作者親臨。」[23]在文努提的說法中，文學作品譯者就像中情局雇來的殺手，滲透到恐怖行動中，他的「暴力……存在於翻譯的目的與活動中：重構外國文本，以符合譯入語已存在的價值觀、信念與再現方式……〔這構成了〕挪用外國文化，以符合國內的目的與訴求。」在其著作《譯者的隱形》（*The Translator's Invisibility*）中，他主張在譯文中強調異國文本的陌生感，並採取「對家鄉來說不正確的作法，盡可能偏離本國規範，為陌異的閱讀經驗打造舞台。」

文努提的基本論點是，翻譯不能把其他文化的觀點都予以同質化。目前翻譯實務給人「透明的假象」，會模糊譯者在文化上的貢獻。就某種程度來看，這批評並不過分：若某種語言或文化在與其他文化結盟時，又積極主張自身卓越地位、排擠不採用這種語言的文化，確實令人不舒服；許多譯者（包括我自己）也確實設法在譯入語中營造友善讀者的經驗。但就和許多論戰一樣，文努提的論點也無法站得住腳。翻譯是經過詮釋選擇出來的產物，**當然**會隨著譯者的家鄉文化調整。不過，問題並不在流暢或可理解的譯本，而是積極偽裝成不是譯本的那些譯作，或是僅出於譯者（或出版社、讀者）本身的偏見就武斷改寫、違背作者所寫內容的譯作。此外，原文的異國感不僅來自語法，也在於作者提出的思考、觀點、背景與脈絡，上述一切所具備的非本地特色，無可避免總會透過譯文顯露出來，就像光線穿透半透明的布料那般。原文總會有什麼會滲透到譯本中，無論是作者本國的感知、原文語法的蛛絲馬跡，或是原文如何架構作者的世界觀。無論英文譯本再怎麼流暢，會有人誤認卡夫卡或昆德拉是美國作家嗎？在激烈地「歸化」一部作品，使它的性質改變，以及保留其外國風味至荒謬的程度，兩者之間有很大的中間地帶。想像一下文努提可能會喜歡的翻譯，就會讓人忍不住聯想到《紐約客》（*New Yorker*）的漫畫，裡面有個顯然愁眉苦臉的譯者，問一臉不悅的作者說：「你不高興我當你的書籍譯者嗎？」（諷刺的是，文努提本人的翻譯讀起來往往沒有合理的流暢度，更是凸顯出學術理論與實務之間的鴻溝。）

先講清楚：我不是提倡翻譯要「標準化」或忽視原文的異國性。我只是主張，些許的異化就可能成績斐然。拉奧夫．帕克（Ralph Parker）是亞歷山大．索忍尼辛（Aleksandr Solzhenitsyn）[24]的小說《伊凡．傑尼索維奇的一天》（*One Day in the Life of Ivan Denisovich*）的譯者，他在英文版本中加入簡短有力的髒話，取代作者用來描述集中營囚犯說的激烈俄語字眼zeks。就像安東尼．伯吉斯（Anthony Burgess）[25]在《發條橘子》（*A Clockwork Orange*）中反向操作俄語，將khorosho（good）變成horrorshow，讓流氓說話更有力，也賦予這部作品特殊的聲音。諸如此類的作法就有如優雅的音符，而不是用最猛烈的最強音，能讓我們在閱讀時欣賞到這種靈感的異國風，而不會受到不必要的搞怪之舉妨礙。不僅如此，正如貝洛斯所言，運用聽起來奇怪的句子或語法，以傳達出這個文本並非本地的語言，最後都會弄巧成拙，因為這樣的翻譯只會「受到鄙視，被視為粗糙、笨拙或是未完成。」或以寬扁麵的例子來說，原本有異國感的東西最後都會變成譯入語的一部分，不再具有異國感。[26]

我還要指出，作為策略，在鄙視外國樣貌與文學的文化氛圍下，若刻意使譯本變得更難理解，根本就是拿石頭砸自己腳的典型範例。正如格羅斯曼指出：「粗心的直譯會構成嚴重的違約。世界上沒有任何懂得自重的出版人，不退回這樣的稿子。」[27]無論文努提主張什麼，好譯者的目標不是促進某種隱形的錯覺，而是依照個別案例來判斷，在文本中融入**適度**的個性：這樣可以讓譯本有所區別，又不會扼殺原文。

歷史上確實有許多譯者扛著沉重的文化偏見，例如「美人不忠」就是證據。有時，作品會因此遭殃，正如十八世紀泰特勒（也就是主張「應該完整抄錄原文概念」的那位）抹去荷馬史詩中所有提及肉慾的地方，因為那有違「正確的品味」；或如十九世紀的約翰·霍卡海姆·弗雷爾（J. H. Frere）[28]鄙棄阿里斯托芬（Aristophanes）[29]「極度粗野的行文」[30]（說到這，別忘記我們自身的偏見如何持續運作，例如不用當前被視為政治不正確的語言）。但有時這些偏見產生了獨具特色的佳作，例如欽定本聖經、龐德翻譯的中國、古典與普羅旺斯詩歌，又或如愛德華·費茲傑羅的《魯拜集》。

愛德華·費茲傑羅是個很清楚的例子。翻譯史學家責難他翻譯的波斯詩歌

《魯拜集》過度偏離原文，而他在反思時又展現出更嚴重的文化傲慢：「我想怎麼處理這波斯人就怎麼處理，這對我來說是種樂趣。我認為他們並非詩人，不足以讓人不敢離題，且他們會希望帶有多一點的藝術氣息。」[31]雖然我無法苟同他的觀點，但我還是要說，他的翻譯把這些詩作引介給大量讀者，至今依然引起迴響，但後來比較有文化意識的譯本反而遭到遺忘。

不僅如此，如果和他另一項信條放在一起，他的前述主張聽起來就沒那麼趾高氣昂：「確保作品中的生命（戲劇必須如此），譯者或多或少必須重新打造出相似度（無論多麼不如原作），越不像原作就越糟，但活狗還是勝過死獅子。」[32]換言之，又是舊話重提，有生氣的譯文應該被視為是獨立的創作，本身就值得閱讀，而不是另一部作品的黯淡影子或注釋。

但問題仍存在：歸化到自己的文化，必定表示會根除原文的他者性嗎？方才引用的例子，固然展現出把外國文字歸結成更迎合本國口味的東西，但我相信譯者**可**譯出本國人理解的文學作品，同時保持文化差異。換言之，這個目標並不是如文努提所稱「帶回相同、可辨識，甚至熟悉的文化他者，」[33]而是用方法把那個他者性帶回給原本無法受惠的人。當我試著以同樣流暢的英文，傳達莫迪亞諾流暢通順的法文，我想再現的也是他作品的流暢性，而不是想像中整體英語的流暢性。事實上莫迪亞諾的行文有一種重要的非美國感，我的英譯本不會去模糊那種感覺，還有我也會保留住他筆下角色與異國背景互動的方式，而那種方式是美國人（甚或旅居國外的美國人）不會採用的。在我心中，這種他者性是莫迪亞諾作品中的關鍵元素，因此我不會也不該以任何方式剝奪，一定會讓美國讀者感受到。

因此我的目標是，盡力在譯文中展現出與作品最高的相似度，保留原文的奇特與個性，也要確定我的**英文**版本是好讀的——即使要動用創意的破格權利也在所不惜。這不表示掉以輕心，踐踏外國作者的作品，加諸我個人的喜好，或把它硬是塞進我的文化價值觀中。同時，它也不表示扭曲譯文，以符合最新的政治風向，或僵化地跟隨已存在的理論方法。它真正的意思是，能充分注意每一個細膩差異，以推測作者要前往何處，並知道何時該緊緊跟隨，何時應稍微偏離，以求最後能達到相同的目的地。這表示譯者必須不斷審視文本，試圖看到言外之意，在必要時加以調整。

在這方面，不同譯者在光譜上會有不同的舒適圈。我平時採取的立場是，讓作者觀點的內在異國感能滲透到文章裡，也就是用英文閱讀時的奇異感不會高於法文（但也不會比較不怪）。即使如此，要達到平衡依然很棘手，通常是視情況來判斷，而且靠的是感覺，而非嚴格的規則。我可能不會把一名叫作法蘭索瓦（François）的人改名為「法蘭克」，也不會讓他用法文喊「Mon dieu!」（老天！），就像法國演員莫里斯・雪弗萊（Maurice Chevalier, 1888-1972）演出的糟糕電影裡一樣。貝洛斯在翻譯時甚至比我稍微更進一步，他會把某些詞彙（像是感嘆詞、官方名稱、食物）留在原文中，不出現在譯文裡。另一方面，法國作家費德里克・貝格岱（Frédéric Beigbeder, 1965-）小說《九十九法朗》（*99 francs*）的英文譯者，則是現代版的美人不忠，把作者筆下時髦的巴黎熱門地點，轉化成讀者更熟悉的倫敦景點，書名也變成英國人所熟悉的九・九九英鎊（西班牙文則稱為十三・九九歐元。難不成每次匯率浮動，譯本就要改一次書名？）。考量所有層面，這些例子提到的文化還算相似程度高的，若是彼此差異很大的文化呢？

在探討中東與亞洲文學時，譯者陶忘機（John Balcom）懷疑，「如果不夠理解原作所處的更廣大文化脈絡，即使是最流暢的翻譯，」西方讀者能不能懂？[34] 在那些例子中，譯者如何能在不扭曲或過度壓低原文的情況下，傳達出關鍵的背景？

這個問題沒有一體適用的答案：在同一部作品中，可能會碰到必須以技術精準為首要考量的段落，但其他段落又得凸顯文字的音樂性，有些喜樂哀愁的段落又帶有某種文化特有的指涉。有些句子可能要一絲不苟地逐字描摹，另一句可能得融入注解，悄悄告訴讀者關鍵資訊；還有些句子可能需要拆解，從頭開始打造。結果通常得仰賴譯者的能力，辨識與處理個別的句子——要儲備足夠的工具，並知道如何運用。

簡言之，身為譯者最主要的責任——對讀者、對外國作者、對所翻譯的文本、對產生這文本的文化，以及對自己這個投入工作、謹慎的專業人員——就是竭盡自己的力量，選擇任何最適合的方法，產生新的文本。這個文本具有可信度，能再現原文的獨特性，也能和原文一樣，散發出一樣豐富的生氣，並帶來一樣多的樂趣。否則，怎麼會有人想閱讀？

從這方面來說，我要指出，譯者最容易陷入的一大陷阱，就是太過關心理論或政治的限制，忽視純粹、直覺的精彩時刻，但那正是能享受閱讀文學的關鍵要素。要說這種方式叫中庸之道也好，或稱為拒絕系統也行，總之是不接受有什麼理論能一體適用，迫使譯者朝著某種策略前進，犧牲另一種可能更貼近原文的適切作法。波赫士說得貼切：「我翻譯福克納的作品時，不會去想翻譯福克納的問題。」[35]

重點在於：所有的行為都是政治的，但在翻譯文學作品時，採用「對家鄉來說是不正確的作法」，並非世界不平等的療方。那只會創造出難讀的書，在書架上乏人問津——假如它還能被放到書架上——也毀了另一個外國作者接觸更多讀者的機會。就是這麼回事。

任何關於翻譯倫理的討論，必然會談到出版的政治。在這主題上，譯者通常會達成絕無僅有的共識，同仇敵愾。譯者或許會為翻譯的方法爭個面紅耳赤，只有極少的例外，大家會砲口一致，陷入基本的抱怨：英譯的翻譯書太少（常受到引用的統計數字是，英美兩國合計，每年只有百分之二到三的書籍是翻譯文學，雖然近期提升到百分之五——有進步，但還不算好）；編輯多是唯利是圖的傢伙，想少碰翻譯書為妙，因為那是票房毒藥；若編輯確實出版翻譯作品，通常會刪刪改改，消弭困難的地方，以便更能迎合市場口味；在已出版的翻譯作品中，主要西方語言的比例甚高，其他語言少得可憐；諸如此類的抱怨不絕於耳。

這類指控大概都有事實根據，也有誇大之處。主要的西歐語言（尤其是法語和西班牙語）的確占英譯本的絕大多數，但近年來其他語言也開始急起直追；英美出版業通常覺得不太需要看向後花園：相較於翻譯書占英美出版市場的百分之五，西歐和拉丁美洲的翻譯書通常是百分之二十到四十。然而從另一方面來看，出版業不能只顧讓好書問世，生意也要能經營得下去，畢竟不成功的書單對出版社或作者都沒什麼好處。

即使如此，仍有編輯常出版翻譯書。他們不畏同事與媒體的冷漠與懷疑，辛苦讓這些書得到該有的關注。此外，諸如群島（Archipelago）、新方向（New Directions）、歐羅巴（Europa）、狄普維倫（Deep Vellum）、公開信（Open Letter）、雙線（Two Lines）、維克菲爾德（Wakefield）與道奇檔案庫（Dalkey Archive）等為數不少的小型獨立出版社，繼承阿爾弗雷德與布蘭琪・克諾夫（Alfred and Blanche Knopf）、海倫與柯特・沃夫（Helen and Kurt Wolff）與詹姆斯・勞夫林（James Laughlin）等傑出前輩的衣缽，至今仍主要靠著文學翻譯作品（甚至僅靠著文學翻譯）生存。此外，零售網站龍頭亞馬遜旗下的穿越出版社（AmazonCrossing）專攻翻譯作品，是美國目前最活躍的文學翻譯出版社。[36]

話說回來，悲哀的事實是，出版翻譯作品是一場苦戰。文學市場和其他市場一樣難以預測，沒有人能確切指出，為什麼博拉紐或史迪格・拉森、莒哈絲或艾可（據說《玫瑰的名字》在紐約的出版社繞了兩圈，最後哈考特・布萊斯出版社〔Harcourt Brace〕才相中）、費蘭特或諾斯加德能殺出重圍，但其他諸多作品卻辦不到；為什麼看似沒什麼希望的作品突然翻紅，原本應該暢銷的書卻一敗塗地；或為什麼風靡世界各地的書卻在這裡滑鐵盧。有些人提出假設：學校的外語教學品質不佳；美國缺乏異質文化，因此我們對與我們類似的文化比較有興趣，而不是關注和我們（或別人）不同的文化；國內嚴肅文學的知名度普遍不高，接觸的人不多。[37]不過，這些頂多是部分解釋，而不是答案，畢竟這個問題或許最後**沒有**答案。出版業最刺激也最挑戰的地方，在於無法未卜先知，而好編輯讓每一本書問世的過程中，都抱著同樣的希望、力氣與信念，無論原文為何——每一本衝上暢銷榜的書背後，都有許多永遠無法打平成本的書，更別提能有獲利。有人說，做出版是賺一筆小錢最快的辦法，前提是你先投入一大筆錢。

讓我們來算算利潤：假設平均一本平裝翻譯小說的定價為十五美元，可以推測當中大約有百分之五十會被通路吃掉（多數書店的進貨價是原價的六折到五五折；而銷售占比頗高的亞馬遜，進貨價甚至可以壓低到四五折），因此出版商每賣一本書大概賺七．五美元。這裡面尚需扣除發行費——可能高達淨利的百分之三十五，或者二．六三美元，因此每本只剩下四．八七美元。假設要支付給外國出版社的版稅為定價的百分之八（一．二美元），這樣出版社一本只賺到三．六七美元。現在，假設一本兩百頁（沒有插畫）的書，出版兩千本的印製費及運費為五千美元，加上翻譯費六千美元（依照四萬字，平均費用為每千字一百五十美元），那麼簡單算一下，就會發現必須賣三千本才能打平——而這數字比第一刷的印量還高，更悲哀的是，也超出了多數翻譯作品的實際銷售量。這還完全沒有考量營業成本、倉儲、庫存折舊、行銷費用，以及出版一本書的其他「隱形」支出，即便占比微小。

正因如此，「異化」策略最後會淪為純學術性的廢話。像文努提之輩——他絕非唯一——鼓吹異化，聲稱「現在正是策略性介入世局的時候」[38]，同時抱怨譯者的處境，實在是不合理。翻譯在美國已飽受諸多假設連累，許多人認為翻譯書的關注點、指涉與形式，都讓美國人無法理解。譯作已經得對抗是個錢坑的偏見，只能靠著偶爾出現的暢銷書來彌補。真的有人相信，提供更不易懂的譯本會有幫助嗎？

這是從出版社的觀點來看。那麼譯者的觀點呢？大家都知道，譯者從工作中賺取的酬勞相當微薄，若與暢銷書原文作者可能要求的龐大預付金相比，更顯得有天壤之別。確實，在美國筆會（PEN）等機構積極遊說，改善專業譯者的合約條款後，如今情況大致而言比過去好，但翻譯費用仍相當低——美國文學翻譯通常是每字一毛三或兩毛錢（如果書的篇幅長，還會往下降）——如果有版稅的話，鮮少超過淨利的百分之一或二（這表示多數譯者除了一開始的預付款之外，就不會再有進帳了）。就算有些國家的政府會提供補助，盼在國外推廣本國作品，讓翻譯作品更容易負擔得起（法國在這方面相當積極），但通常這筆錢只是杯水車薪，對於譯者的收入來說影響不大。提姆．帕克斯（Tim Parks）[39]是翻譯界最敢言、脾氣最火爆的人之一（這領域好像吸引不少壞脾氣的人），最近提出一種頗具爭議的建議，主張直接廢掉版稅，而是依據文本難度來決定翻譯費，難度則由編輯、譯者與這個領域的專家來判斷——基本上是個好主意，但在後續執行時會是噩夢，且非常容易出錯。[40]

除了款項、出版業的營收情形，譯者的工作在本質上還會遇上另一個難題：作者可以花幾年的時間，淬鍊出精準適切的文字，但是譯者從編輯發稿到交稿，通常時間緊湊，只有幾個月的時間可以斟酌用字。由於收入有限、時間有限，譯者在一項案子（以及最終成果）的個人投資也跟著受到影響。這讓人想起德萊頓說過的因果關係，令人渾身不自在：「才高八斗」的譯者不多與「獎勵微薄」——這關聯無疑持續迴盪在譯者靈魂的陰暗地下室中，而這小小的聲音也悄悄訴說著社會與文學史向來的主張：譯者頂多只是二等公民。

最後要談到書評人。他們的工作是告知、評論與提倡。要為譯本贏得大量讀者，最常碰到的障礙就是有能見度、能引起讀者興趣的書評越來越少——所幸GoodReads、Bookslut、Omnivoracious與Three Percent等閱讀網站，可望逆轉此一現象。*據說最近書評確實**稍微**注意到了翻譯——算是一點點好消息，雖然許多書評人在面對外國作品時還是相當含蓄矜持。這一點可從書評提到譯者的付出時，通常會用不痛不癢的用詞帶過：**通順**、**流暢**、**優雅**，而所有小小的讚美中最

*他們也是為了減輕工作——這可以從《大西洋月刊》（*Atlantic Monthly*）前書評編輯說明該雜誌如何選擇要評論的書看出：「我們在評估小說時，會側重文章風格。在評論翻譯文學時，這一點顯然比較困難，評論者與讀者看到的，都不是作者的寫作，而是譯者的譯作。因此我們比較少選翻譯作品。」（Benjamin Schwarz, "Why We Review the Books We Do," Atlantic Monthly, January/February 2004, accessed October 8, 2017, https://www.theatlantic.com/ magazine/archive/2004/01/new-noteworthy/302874/）。這說法雖然引起不滿，但顯然對書評的選書方針沒什麼影響。

微小的用詞，就是**還不錯**。這討論往往讓人納悶，書評人究竟讀不讀得懂原文，或到底有沒有讀原文。是的，當中有些人確實相當講究翻譯，有時是感知敏銳，有時只是偏狹地賣弄學問，扼殺文本可能帶來的樂趣。另一方面，大部分的書評人就只看表面的譯文。無論是哪一種，書評人判斷的通常不是作者的文本，而是譯者的文本——這不證自明的重點常在討論「作者」的風格時被忽略，如果能凸顯出譯者以及整個翻譯產業，想必會有好處。

身為譯者與投入翻譯的出版人，我樂見有越多書翻譯出版，也樂於有更多的翻譯邀約。但我也懷疑，是否值得為許多取得翻譯授權的外國作品，包括確實可付梓的著作努力。當然，某人眼裡的高檔麵包在別人眼中可能只是次級品，但身為讀者的我應是編輯眼中最接近目標族群的人，但就連我都很難對許多稿約提得起勁——因此出版社只能試著把這些書硬賣給一般的丹妮爾·斯蒂爾（Danielle Steele）[41]或丹·布朗（Dan Brown）書迷（雖然若少了英文版的《玫瑰的名字》，《達文西密碼》根本不會誕生）。不僅如此，雖然我所在的產業應該比多數人更容易取得資訊，但我聽過的許多翻譯書都是偶然間被發現的。正因如此，關於出版商愚蠢市儈，或某些語言在翻譯上呈現霸權支配的抱怨，通常都散發著象牙塔的氣息。政治機制更是會壓抑外國的聲音，無法為漠不關心或缺乏資訊的基礎讀者秉燭引路。

為了繼續故意唱反調，我還要說，許多鼓勵翻譯的機構或努力無論多立意良善，最後還是使問題惡化，因為這暗示閱讀外國文學不是樂趣，而是義務，就像藥物一樣對你有好處，只不過良藥就是苦口。許多人是以令人不敢恭維的說教語調，為來自「陌生」文化的翻譯作品護航。「對美國或當今世上的其他國家而言，沒有多少事物比翻譯文本更為重要，」波曼寫道，「越多較優質的非英語文本，顯然可以吸引英美讀者留意非本國的文學世界與歷史文化。」沒錯，但誰說讀者會想留意？對一般有文化素養的美國人來說，這些據說「需要翻譯」的文本反而不如職業、個人與財務考量，或其他競逐個人注意的文化事件重要。同樣的，格羅斯曼直率主張，「美國與英國的出版社有支持文學翻譯的道德與文化責任。」這是對誰的責任？這類勸告經常讓人充耳不聞，甚至就連同情的聆聽者也覺得刺耳，因為它們聽來有明顯的言外之意，像在街頭傳教勸人改信，也因為它們無法打動深入美國人口組成的偏狹性。這種偏狹性使得大部分民眾、評論和出版單位都將非英語書籍（即使是譯得很美的作品）斥為「太異國」、「太冷」、「太熱」、「太他者」，或完全視而不見。我們國家是以「自立自強」的理想建國。正如小說家安德烈．杜布斯三世（Andre Dubus III, 1959-）所寫的美國：「孤立於兩大洋之間，南北都有友善的鄰國，就算目光狹隘也沒有妨礙。」也就是就算相信那浮誇又偏頗的「美國優先」口號也無所謂。但光是否認或譴責這事實，是無法讓這事實消失的。[42]在大肆尖銳地批判一般美國閱讀大眾缺乏智慧時，譯者與文化人可先好好醫治自己。幾年前，我在美國文學譯者協會的研討會上，問到有多少聽眾在過去十二個月買過翻譯書；只有幾個人舉手（大概百分之二到三吧？）。

說了這麼多，並非我不相信翻譯的力量——恰恰相反——而是我相信，文學翻譯的目的多少和我們習慣賦予它的文化再教育，或天下一家的角色有關。翻譯和任何藝術一樣：在最好的情況下，它可以幫助我們看清自己，發現自己鮮少察覺到的隱密角落，並因為有所發現而豐富我們的生命。翻譯會讓我們接觸到更多想法與聲音，喚醒特殊的喜悅，那種發現的悸動無法取代，在其他地方也得不到。這些想法與聲音能如此獨一無二，不是因為來自異鄉——或至少不僅是如此——而是因為它們自成一格，不僅在他人的文化很特殊，在我們文化也是。如果文學翻譯在今天的世界仍有價值，是因為這樣的心靈與聲音極其珍稀，我們完全沒有餘裕忽視其中任何一個。如果出版人確實應該出版更多的翻譯作品，不應是因為它們「對我們有好處」，那感覺很討厭，好像還用手指朝著我們指點。真正的原因在於，這樣的聲音（無論原本是用何種語言表達）使得人類開始有意識以來就渴望故事。

這至少是個理想。現實是，左右出版選擇的通常不太是作品的內在特質，也不是譯者或外國文學教授的推薦，甚至不是賣座的可能性，雖然這些都是因素之一——不，通常推動選擇的是機緣、可得性：某個版權經理在法蘭克福書展，引起某個編輯注意到某作者的作品，或者有些國家在國外積極推廣他們的文學作品，而其他國家則沒推廣，或者在這國家能閱讀法文或西班牙文的讀者，遠超過愛沙尼亞文或烏爾都語。換言之，大部分的編輯即使抱著好意，也很常盲目飛行。

為了幫忙處理這問題，對抗前述的偏狹性，我們必須從出版人辦公室後方好幾步的地方出發。我們必須從家庭與學校開始，培育孩子與自己重視外語、外國文學與外國觀點的態度。它們不是必須留在神祕圍牆另一邊的東西，而是應該迎入家庭，融入日常生活。如果這種態度沒能融入我們的思想模式與購買習慣，那麼市面上外國書籍越來越少也是很自然的，而我們接觸到書中觀點的機會也會持續減少。這麼一來，我們的文化觀點——對於身為世上人類的觀點——可能也會萎縮至難以修復。

1 一六〇六～一六六四，翻譯希臘與拉丁經典的法國譯者。

2 原注：John Dryden, “Dedication to the *Aeneis*,” in *TTP*, 150; Hanne, “Metaphors,” 218; Edith Grossman, *Why Translation Matters* (New Haven, CT: Yale University Press, 2010; hereafter “Grossman”), 67; Eco, *Experiences*, 8; Borges, quoted by Grossman, 72–73.

3 原注：Mark Twain, *The Jumping Frog: In English, Then in French, and Then Clawed Back Into A Civilized Language Once More by Patient, Unremunerated Toil*, quoted by Bellos, 107. 亦參見102–116 for a discussion of the "myth of literal translation."

4 一九五三～，美國翻譯理論家、翻譯歷史學家，亦從事義大利語、法語、加泰隆尼亞語翻譯。

5 原注：Lawrence Venuti, "Local Contingencies: Translation and National Identities," in *Nation, Language, and the Ethics of Translation*, ed. Sandra Bermann and Michael Wood (Princeton, NJ: Princeton University Press, 2005), 182.

6 原注：Vladimir Nabokov, "The Art of Translation, I: A Few Perfect Rules," in *Verses and Versions: Three Centuries of Russian Poetry*, ed. Brian Boyd and Stanislav Shvabrin (New York: Harcourt, 2008), 4; Judson Rosengrant, letter to the editor, *New York Review of Books*, September 29, 2016, 93; Weinberger, "Anonymous Sources," 23, 25; 拉巴薩的反駁之詞常有人引用。

7 貝克特所說的原文是「Ever tried. Ever failed. No Matter. Try again. Fail again. Fail better.」大意是「下一次失敗得更好。」

8 原注：Constance Garnett, "The Art of Translation," in *TTP*, 292. 亦參見Bassnett, *Translation*, 68, 78; Bassnett, *Translation Studies*, 59.

9 一九二八～二〇一五，美國譯者、詩人，曾翻譯《唐吉軻德》。

10 原注：Burton Raffel, "Translating Medieval European Poetry," in Biguenet and Schulte, *Craft of Translation*, 35.

11 原注：Saint Jerome, letter to Pammachius "On the Best Method of Translat- ing," quoted by Hugo Friedrich, "On the Art of Translation," in Schulte and Biguenet, *Theories of Translation*, 12–13. 另一種版本為：「就像征服者要俘虜改用自己的語言，說明原作的意思。」

12 一五三六～一六〇六，英語翻譯家，曾譯過三十餘本拉丁作品。後世多記得其所翻譯的奧維德《變形記》對莎士比亞劇作的影響，但他在世時最著名的事蹟乃是翻譯《凱薩戰記》，而其所翻譯的喀爾文佈道內容亦有助於散播宗教革命思想。

13 約一五五九～一六三四，英國劇作家、翻譯家、詩人。以翻譯荷馬的《伊利亞德》與《奧德賽》，以及據稱是模仿《伊里亞德》而來的滑稽史詩《蛙鼠之戰》（*Batrachomyomachia*）最為人知。

14 一八八八～一九二三，短篇小說作家，被譽為紐西蘭文學奠基人，以及紐西蘭最有影響力的作家。她的第一本著作為一九一一年出版的《在德國公寓》（*In a German Pension*）。著名作品有《花園酒會》、《幸福》和《在海灣》等。

15 一九三三～二〇〇四，小說家、哲學家、文學批評家、符號學家，也是電影導演、劇作家與製片。影響遍及各領域，與西蒙．波娃、漢娜．鄂蘭並列二十世紀最重要的三位女性知識分子，而有「美國最聰明的女人」的封號。

16 原注：Susan Sontag, "The World as India: The St. Jerome Lecture on Literary Translation," in *At the Same Time: Essays and Speeches* (New York: Farrar, Straus, and Giroux, 2007), 177.

17 原注：Emily Apter, *The Translation Zone: A New Comparative Literature* (Princeton, NJ: Princeton University Press, 2006), 4. 根據Kelly與Zetzsche的意見，網際網路可能反轉弱勢語言被消滅的情況（*Found in Translation*, 24）.

18 原注：Sandra Bermann, introduction to Bermann and Wood, *Nation, Language, Ethics*, 1.

19 此處指查普曼是莎士比亞寫十四行詩時預想的對手。

20 古羅馬和古迦太基之間的三次戰爭，最後是迦太基遭滅，羅馬取得霸權。

21 原注：Cole, "Making Sense," 10.

22 一九四二～一九九一，譯者、哲學家、歷史學家、翻譯理論家。

23 原注：本段與接下來的段落，引自Venuti, *Translator's Invisibility*, 78, 18, 20, 1.

24 一九一八～二〇〇八，俄國小說家、哲學家、歷史學家。俄羅斯科學院院士、諾貝爾文學獎得主，在文學、史學、語言學等諸多領域皆有重大成就。

25 一九一七～一九九三，英國小說家，評論家及作曲家。同時也是活躍的作詞家、詩人、編劇、新聞工作者、小品文作家、旅行作家、播報員、翻譯和教育家。小說《發條橘子》由史丹利．庫柏力克拍成同名電影。

26 原注：Bellos, 58. 亦參見36.

27 原注：Grossman, 10–11.

28 一七六九～一八四六，英國外交官與作家。

29 約前四四八年～前三八〇年，古希臘喜劇作家。被視為古希臘喜劇尤其是舊喜劇最重要的代表。相傳寫有四十四部喜劇，現存《阿哈奈人》（*The Acharnians*）、《騎士》（*The Knights*）、《和平》（*Peace*）、《鳥》（*The Birds*）、《蛙》（*The Frogs*）等十一部。有「喜劇之父」之稱。

30 原注：Alexander Fraser Tytler, *Essay on the Principles of Translation*, quoted by Venuti, *Translator's Invisibility*, 69–72; J. H. Frere, review of T. Mitchell's translations of Aristophanes (1820), quoted ibid., 80.

31 原注：Edward FitzGerald, letter to E. B. Cowell, in *TTP*, 241.

32 原注：FitzGerald, letter to James Russell Lowell, ibid., 246. Cf. Bassnett, *Translation*, 94–95.

33 原注：Venuti, *Translator's Invisibility*, 18.

34 原注：John Balcom, "Translating Modern Chinese Literature," in Bassnett and Bush, *Translator as Writer*, 119.

35 原注：Borges, quoted by Weinberger, "Anonymous Sources," 27.

36 原注：Truda Spruyt, "Translated Fiction at Its Finest," *Publishers Weekly: Frankfurt Show Daily*, October 15, 2015, 41–42; John Maher, "NBF to Conduct Translation Study," *Publishers Weekly*, October 4, 2016, accessed May 8, 2017, https://www.publishersweekly.com/pw/by-topic/ industry-news/bookselling/article/71659-nbf-to-conduct-translation- study.html; "Amazon Launches Translation Imprint, AmazonCrossing," *Publishers Weekly*, May 19, 2010, accessed May 8, 2017, https://www .publishersweekly.com/pw/by-topic/industry-news/publisher-news/ article/43225-amazon-launches-translation-imprint-amazoncrossing.html; Chad W. Post, "By the Numbers—A Surge in Translations," *Publishers Weekly: Frankfurt Show Daily*, October 20, 2016, 18–19. 根據Post指出，亞馬遜穿越出版社於二〇一〇年成立之後，到二〇一六年之間出版了兩百三十七種新的翻譯作品；同時間出版量第二高的是道奇檔案庫，共出版一百九十二種。亦參見Grossman, 28.

37 原注：See Bill Morris, "Why Americans Don't Read Foreign Fiction," *The Daily Beast*, February 4, 2015, accessed August 4, 2017, http://www .thedailybeast.com/why-americans-dont-read-foreign-fiction.

38 原注：Venuti, *Translator's Invisibility*, 20. 亦參見他關於翻譯在學術界的悲慘地位看法：Venuti, *Scandals*, 1.

39 一九五四～，英國出生的英國作家、義大利文譯者與教授。曾翻譯卡爾維諾、莫拉維亞（Alberto Moravia）、塔布其（Antonio Tabucchi）等義大利作家的作品。

40 原注：Tim Parks, "The Expendable Translator," *New York Review of Books*, March 28, 2017, accessed August 26, 2017, http://www.nybooks.com/ daily/2017/03/28/the-expendable-translator/.

41 一九四七～，美國小說家，以羅曼史小說最為人知。是世界上目前最暢銷的作家，銷售量超過八億本。已出版一百七十九本作品，並譯成四十三種語言，在全球六十九個國家販售。

42 原注：Bermann, introduction to Bermann and Wood, *Nation, Language, Ethics*, 7; Grossman, 59; Andre Dubus III, introduction to *Words Without Borders: The World Through the Eyes of Writers*, quoted by Grossman, 52.

第五章

言外之意

美國人類學家蘿拉・布哈南（Laura Bohannan, 1922~2002）曾試著對西非叢林部落族人講述《哈姆雷特》。她相信「人性在世界各地大致相通」，於是選了可作為可靠普世主題的戲劇《哈姆雷特》。紙上談兵何其容易，實行起來卻是另一回事。她每說一句話，聽眾便提出完全超出她參考架構的抗議與推論：

「〔布哈南敘述〕波洛紐斯堅稱哈姆雷特瘋了，因為他不能去見所愛的歐菲莉雅。」

「為什麼，」有人疑惑說道，「是因為有人對哈姆雷特施巫術嗎？」

「對他施巫術？」

「對，只有巫術能讓人發瘋。」……

「（她後來繼續說）雷爾提回來參加父親的葬禮。大首領告訴他，哈姆雷特殺了波洛紐斯。雷爾提發誓要為此殺了哈姆雷特，而這也是因為他妹妹歐菲莉雅聽見父親被她所愛的人殺害而發瘋，並且溺斃在河中。」

「妳已經忘了我們跟妳講的嗎？」這名老人責備她，「不能向瘋子報復；哈姆雷特是發瘋時殺了波洛紐斯。那個女孩除了發瘋之外，還溺斃了。只有巫師能把人淹死。水本身傷害不了任何東西，那只是讓人拿來喝跟洗澡用的。……（所以雷爾提）是用巫術殺了她妹妹，讓她淹死，這樣他才能偷偷把她的身體賣給巫師。」

最後，族中長老因為布哈南「老是說錯」而失去耐心，乾脆自己說了起來，結論是「妳改天一定要多跟我們說妳國家的故事。我們年紀比較長，會告訴妳這些故事真正的涵義，這樣妳回到家鄉後，長輩就會明白，妳不是光枯坐在叢林裡，而是身在許多通曉世事、教妳智慧的人之中。」[1]

布哈南吃了苦頭之後，才發現原來她以為普世皆然的事實，其實會經過相當在地的觀點過濾；文字在每個國家、群體、民族裡所得到的迴響也不盡相同。諾姆．杭士基（Noam Chomsky）[2]觀察道：「語言不只關乎文字。那是文化、傳統，能統整一個群體，也定義出一個群體的整體歷史。」無論在哪一種語言中，「狗」是表示學名為犬（*Canis familiaris*）的這種動物，但是和狗相關的意義在英文、法文、中文都不一樣。拉巴薩曾說，如果問一個紐約人，卡夫卡《變形記》中的主角葛雷哥．山姆薩（Gregor Samsa）變成什麼，「答案八成是大蟑螂，也就是這座城市中無所不在的昆蟲，」即使卡夫卡用的字「Ungeziefer」意思只是「害蟲」。同樣的，俄文譯者理察．羅里（Richard Lourie）也提醒，在英文中，「集體公寓」（communal apartment）可能「令人想起的畫面是在加州柏克萊的廚房，戴頭帶的嬉皮正在裡頭煮糙米飯，而俄羅斯的集體公寓（kommunalka）則令人想到一間間棕色的大房間，每個家庭各住一間，大家共用小廚房，氣氛緊張，什麼都不能說。」[3]

這裡的問題在於，翻譯並非發生在語言之間，而是在文化之間。文化是最難以馴服，也最難以預料的文本。即使是再現程度很高的翻譯，也會面臨不同讀者有不同解讀方式的挑戰。換言之，在原文的文化中，即使讀者群並不同質，至少仍享有相對類似的聯想與次要意義，因此作者在寫書時便可利用這些聯想與次要意義，或將它們視為理所當然。但是要把那組聯想放到擁有一套不同觀念的文化，誰知道會發生什麼事？作家與譯者帕克斯說：「無論作家多麼重視自己的個人身分，他的書在另一個脈絡之下，就不再是同一本書了。」[4]

的確，一部好的作品能在某種程度上超越這些歧異。借用利維牌（Levy’s）裸麥麵包的舊廣告詞來說，你不必是猶太人（或捷克人）才會喜歡卡夫卡。但你喜愛卡夫卡的方式一樣嗎？在作品的高超語言技藝及需要解釋的指涉之外，有些周遭背景的前提是不可能跨越的。書會隨著脈絡改變，翻譯策略也是。

舉例來說，法文文本的篇幅多半比英文的長，通常長百分之十到二十（說到這，曾有個經驗令我心虛不已。我在翻譯艾薛諾茲的短篇故事時，翻譯出的英文竟然比法文原文還長。他以文筆精簡著稱，因此我後來得大幅刪減）。就連在句子的層面上也是如此。即使依照用法規則，優秀的法文句子也比一般英文允許的長度還長。這表示，法文長句對法文讀者來說我往往是家常便飯，對英文讀者來說則太冗贅。想要維持好的表達效果，譯者可能需要重新斷句，有時把一個句子拆分為兩、三句。這不是大家都能接受的原則，許多技藝嫻熟的譯者會說，這就是公然濫用歸化的明顯例子。這也不是到處適用的規則：比如普魯斯特馬拉松式的話語就算以法文的標準來看也很冗長，這是他的風格特色，譯文至少得顯示出他句子的奇特長度，又不能亂成一團，變成老太太的裹腳布（連能優雅處理長得不得了的句子的英語作家也不多，詹姆斯．包德溫〔James Baldwin〕[5]是其中之一）。但大致而言，我認為審慎地重新架構句子，會比盡可能對照原文，更接近作者的理想效果。舉個例子，文努提比較了莎岡（Françoise Sagan）[6]某個四十字段落的兩個譯文版本，一個是他自己翻譯的（四十二字），另一個則是艾琳．艾許（Irene Ash）已出版譯本中的段落（二十九字）。只是這麼一對照，卻無意間展現出艾許的版本更接近莎岡的語調與力道，而文努提執著於精準仿造的版本，只顯得枯燥乏味。[7]

文化適應（Cultural adaptation）的手法五花八門，通常不會有人發現，或說只有失敗時才會被注意到。在昆汀·塔倫提諾（Quentin Tarantino）[8]執導的電影《惡棍特工》（*Inglourious Basterds*）裡，有個喬裝成德國人的美軍人員來到啤酒屋，點了三杯啤酒，並以手勢比出三。不幸的是，一名眼尖的情報官觀察到，他是用標準的美國手勢：拇指壓著小指，食指到無名指伸長。但歐洲人的比法應是伸出拇指到中指，最後兩隻手指壓下。由於沒能依照目標文化圈的規範比出手勢，他露出馬腳，引發一場血腥衝突。

通俗電影的輸出常是文化適應的擂台，主要的意圖正如奈達主張的聖經翻譯，與其說是要像本土之作，不如說是要吸引群眾。蘇菲亞·柯波拉（Sofia Coppola）執導的電影《*Lost in Translation*》（注：直譯為「在翻譯中迷失」，台灣片名為《愛情不用翻譯》）就是很好的例子，此片名在國際間有各種不同的轉譯。有些相當貼近字面（加拿大法語譯為「不忠實翻譯」、德文則是「文字之間」），有些則比較有創意，例如拉丁美洲西班牙語的「迷失在東京」，以及巴西葡萄牙語的「相遇與錯過」（但在歐洲的葡語則譯成「愛在陌生之地」）。就連看起來簡潔至極的片名《安妮霍爾》（*Annie Hall*）在去到拉丁美洲後，變成

「兩個陌生的愛人」，還有直白卻不失精準的德文名稱「都市官能症患者」——至於這是指黛安・基頓（Diane Keaton）或是伍迪・艾倫（Woody Allen）的角色，就不得而知了。[9]

廣告中的文化適應與陷阱則更加豐富。大家都看過肯定不大討喜的外國食品名稱，例如Urinal tea（注：英文字面意義為「尿茶」，羅馬尼亞烏蘭諾茶）、Pee Cola（注：「尿可樂」，來自迦納）、Child Shredded Meat（注：「小孩碎肉」，兒童營養肉鬆）、Barfy frozen patties（注：「噁心冷凍肉餅」，巴飛冷凍肉品）、Only Puke snack chips（注：「嘔吐點心」，蠶豆酥）、Plopp and Fart（注：「噗通放屁巧克力糖」）……請再加入你所知的範例。文化適應不只關乎商品名稱。加拿大航空曾推出雙語廣告，主題是一對夫婦要飛往紐約，這廣告就說明如何重新打造一段敘述，以適應不同的背景假設。在英文版本中，傑克森先生「要去談定一筆重要交易」，而他的妻子在微笑，因為「傑克森先生沒有留下她獨自前往這趟旅程」；在法文中，高提耶先生就只是去「出差」，這位女士「很高興能跳脫每日生活常軌，跟他在一起」。[10]資訊是一樣的，但是傳達訊息時經過調整，以吸引比較「認真工作」的英語系讀者，以及「浪漫」的法語系讀者。讀過某些航班或國際列車上的雙語雜誌的人，都會注意到類似的現象。梵蒂岡當然也不落人後，在自動提款機上提供拉丁文說明（古羅馬人顯然把自動提款卡稱為「scidulae」〔注：意為小紙張、文件〕），給堅決不碰世俗的神職人員看。

任何譯者都知道，翻譯起來最難、和文化最有關的語言領域就是俚語。這主題已有諸多討論，解決方案（或者不解決的方案）很多，要解決的例子也不少。霍華德在談到法文「墮落邊緣人」的文本，例如黑色犯罪文學（roman noir，但這主張也適用於許多種語言）時指出，「法國人已發展出一種介於下水道氣味與煤油燈氣味之間的語言，」而最接近的對應英文俚語通常「不是顯得太粗魯，就是太乾淨枯燥。」換言之，連美國黑色文學中的私家偵探，講髒話的口吻也不會跟法國條子一樣（在此先不談法國加利瑪出版社的「黑色犯罪小說」叢書〔Série Noire〕：一開始叢書中有許多美國犯罪小說的譯本，後來許多法國作家的作品加入這叢書後，用的都是聽起來像美國人的筆名，讓讀者以為這些法文作品是「從美國作品翻譯而來的」，好讓書籍比較容易銷售）。[11]

即使在同一種語言中，也充斥著誤解的可能。正如近年來，魁北克法語和法國法語漸漸出現隔閡，發展出越來越不同的語彙。正如法裔加拿大社會學家馬梭・希烏（Marcel Rioux）所言，「就算用的字一樣，表達的卻是另一種現實、另一種經驗。」[12]對魁北克人來說，他們急於毫不掩飾地表達國族感，主張自己的身分，這不光是對抗加拿大的英語系人口，還要面對法國輸入的文化——許多魁北克法語人口都認為法國文化已不再能反映他們的特殊考量。這是另一個共同語言在兩個國家運用的例子，於是文本（尤其是戲劇）會直接重新轉譯到朱阿爾語（注：joual，魁北克工人階級使用的語言），使之更容易讓魁北克讀者明白，也慢慢讓法國法語更難以理解。有時候誤解是超出語言的。一位身在日本的美國教授曾說了一故事，有回他聽了同事的評論，以為校園罷課事件已經解決，後來才發現實情正好相反。「你對所有文字的理解都正確，」他被告知，「卻不懂得言外之意。」[13]

如何為那些言外之意架起橋梁？當然沒有一套固定的方法，但譯者經常面對一些議題並使用一些技巧，以求再現時能有說服力，能跨越文化鴻溝。這些議題與技巧包括：風格和語氣、轉變與適應、閱讀與詮釋。這一切看似只關乎技巧，事實上，卻是譯者費力創造的美感不可或缺的一部分，因為作者的風格及原文讀者對作品的感受不僅取決於文化，也取決於譯者的詮釋。

風格是最棘手的問題之一，令譯者滿腹苦水。該怎麼重新創造出那私密、有個人特性、「關鍵且難以捉摸的語氣特質」，並在外國脈絡中產生迴響？該如何把它精確地表現出來？如何把貝洛斯所稱的「狄更斯文本中的狄更斯特性（Dickensianity）」找出來？是在「文字、句子、段落、題外話、軼聞、角色構成，或是情節之中？」[14]能成為世界文學經典的作者，注定是值得翻譯的，且通常有獨特的表達方式，成為自己的作品特色，並吸引讀者。如果少了這些表達方式，他們就不再是自己。雖然普魯斯特和莫迪亞諾都關注回憶，但兩人聽起來就是不同；海明威與史考特．費茲傑羅都是失落的一代，然而兩人也不一樣。

「風格的問題，也是翻譯的問題，」英國小說家亞當．瑟威爾（Adam Thirlwell）說，「我認為，精準翻譯的另一種說法，可說是刻意模仿作品，複製風格。」在這方面，多麗絲．萊辛（Doris Lessing）[15]無疑幫許多作者說話。她感歎道：「我辛辛苦苦營造風格，卻發現翻譯中的一個句子變得平板單調。」[16]我身兼作者與翻譯角色，也曾有類似的經驗，發現自己在句子中精心放入的特殊幽默或聲音變得索然無味。但我也發現有趣的現象：我熟悉法語，發現在法語譯本中，風格被抹除了，而同樣文本的德文版，即使我只能對照手邊的原文讀，卻能看出風格多少仍完整。關於風格這種特色，似乎是超越語言的理解。

普魯斯特在界定風格時較少從文字的角度來談，而是「作者的想法加諸到現實上的轉變」[17]，換言之，作者特殊的理解方式會形塑他的用字遣詞。只要加上適當的同理心，那麼風格就是可以翻譯的。普魯斯特的例子就很能說明這一點。最先翻譯普魯斯特、也是最有名的譯者是史考特．蒙克里夫，他在普魯斯特在世時就開始翻譯，對於普魯斯特有共存之感。兩個人都經歷過第一次世界大戰；都喜愛藝術、文學與追溯家族史，這些都是《追憶似水年華》的關鍵所在。史考特・蒙克里夫是出身優渥的文人，在波西米亞圈裡公開同性戀身分，卻禁錮在僵化的家庭中；他是在英國的蘇格蘭人，生活在愛德華時代，對普魯斯特有近乎直覺的親切感——普魯斯特同樣出身優渥，因為性傾向而過著雙面人生，是德雷弗斯（Alfred Dreyfus）[18]時代身在巴黎的猶太人，而寫作的時代，恰好是史考特・蒙克里夫成年的愛德華時期。這讓譯者更容易深入這本書。不僅如此，他顯然可以閱讀原文，在筆記本中速速翻譯，還同時跟人聊天。

史考特・蒙克里夫英年早逝之前，曾翻譯過普魯斯特七本著作中的六本，第一本是在一九二二年出版。約瑟夫・康拉德（Joseph Conrad）[19]稱讚他的譯本有原文所缺乏的「啟示」特質，史考特・費茲傑羅則說它「本身就是傑作」，連普魯斯特也肯定其「才氣縱橫」（當然也不免有些牢騷）。史考特・蒙克里夫的版本確實有些缺失與錯誤，原因除了他的法文仍有可加強之處，無疑也因為他是一邊和人聊天，一邊翻譯。但他的譯本至今仍在印行，部分是因為他譯本的優點，部分則是後來由特倫斯・基爾馬丁（Terence Kilmartin）、丹尼斯・約瑟夫・恩賴特（D. J. Enright）與威廉・卡特（William C. Carter）修訂，改正較誇張的錯誤。史考特・蒙克里夫的英文在二十一世紀的人耳中，也可能顯得有點囉唆。但是正如二〇〇二年一名評論者對當時企鵝新譯本（多人合譯）的評論：「史考特・蒙克里夫雖然偶有粗心拘泥，但在氛圍上或許比後來的許多譯者更能掌握普魯斯特的風格……企鵝版讓人覺得譯者交出不錯的工作成果，但是史考特・蒙克里夫的版本則讓人覺得是心血結晶。」莉迪亞・戴維斯是企鵝版的譯者之一，提供了不同（但也不是**截然**不同）的觀點：她注意到史考特・蒙克里夫的版本，「是以愛德華時代的英文寫成，比普魯斯特本人的散文更古舊，而且不斷背離法文原作。不過，它有自己的信念，而且因為它實在寫得太好（如果你喜歡花俏風格的話），無怪乎八十年來無人能與之匹敵。」[20]若如小說家D・H・勞倫斯（D. H. Lawrence）[21]所稱，這種風格「對作者來說很自然」，是發自內心的，那麼有時就需要某種發自內心的連結（或許靠著相同的經驗、社會環境或時間幫助），才能把這風格傳遞過來。

在嘗試傳遞風格時，有些譯者會把其他年代的作者變成同時代的人。德萊頓和許多之前與之後的人一樣，「努力讓維吉爾（Virgil）[22]說英文，就像他出生在當代英國會說的話。」乍看之下，這麼做似乎很合理：若將維吉爾翻譯成「古代」英文會聽起來很造作（話說回來，在維吉爾的時代也沒有英文就是了），這就像今天的譯者把蒙田（Montaigne）[23]翻譯成與他同時代的莎士比亞文風一樣荒謬。話雖如此，如果譯本有太過明顯的當代時間與地方色彩，反而會太快過時：德萊頓的維吉爾是對十七世紀的讀者說話，雖然有些美能禁得起時間考驗，但如今他的譯本仍已顯露老態。幾個世紀過去，文學風尚會演變，讀者的期待也會變。波普的荷馬史詩已被拉提莫爾（Richmond Lattimore, 1906-1984）、羅伯・費茲吉羅（Robert Fitzgeral, 1910-1985）與羅伯特・費戈斯（Robert Fagles, 1933-2008）的譯本取代，而這些人的譯本也終將由其他人的譯本取代。班雅明已預見了這一點：「詩人的文字可以在他自己的語言中歷久彌新，但即使是最優秀的翻譯，也注定要成為其語言成長的一部分，最終由更新的譯本吸收。」[24]

不僅如此，雖然身處同時代的作者與譯者可以培養出直覺上的同理心，但是後見之明也有其獨特的優勢。隨著時間演進，資源會越來越多，關於前輩優缺點的最新研究，皆可望讓未來的譯者有更好的表現。有時候文本需要經過多年，才能在另一種文化中展現。韓波（Jean Nicolas Arthur Rimbaud）[25]或許就是一個例子，他作品的現代性一直要到一九六〇年代的反文化運動才浮現出來，當時的人更加認同他的態度，因此新譯本比起像是一九四〇年代路易絲·瓦雷斯（Louise Varèse）的版本，更能有說服力地表現出他的語調。同樣的，重新翻譯福樓拜的《鮑華與貝庫歇》（*Bouvard and Pécuchet*）時，我發現他的文筆與觀點有二十世紀的特性，而過去的英文版並未展現出來。在貝克特、吉姆·賈木許（Jim Jarmusch）[26]與傑瑞·賽恩菲爾德（Jerry Seinfeld）[27]叱吒風雲的時代來看這文本，我覺得福樓拜的這部道德喜劇似乎帶著冷面笑匠式的效果，並且以諷刺的口吻在談人類的行為動機，用現代的英語來訴說毫不違和。這種陰錯陽差的例子，就像波赫士在短篇故事〈皮耶·梅納德，《唐吉訶德》作者〉（Pierre Menard, Author of Don *Quixote*）裡提到，塞凡提斯筆下的唐吉訶德所使用的語言，只是「當時普通的西班牙語」，但是在二十世紀詩人梅納德逐字重新創作之後，「幾乎豐富無比」。[28]

卡夫卡小說《美國》（*Amerika*）近期的兩個譯本，分別由麥克・霍夫曼（Michael Hofmann）與馬克・哈爾曼（Mark Harman）翻譯，是以原本的德文手稿翻譯，希望追本溯源，讓我們對卡夫卡有更新的了解。兩種譯本都提供英語系讀者不完整的小說，正如卡夫卡所留下的樣子。最早的英譯本是由維拉與艾德溫・繆爾（Willa and Edwin Muir）翻譯，那是依據德國作家馬克斯・布羅德（Max Brod）[29]在卡夫卡過世後調整的版本。兩種新版本都回歸卡夫卡的暫定書名《*Der Verschollene*》（霍夫曼翻譯為《消失的人》〔*The Man Who Disappeared*〕，哈爾曼則譯為《失蹤者》〔*The Missing Person*〕），幾個段落也恢復成未完成的狀態。最後，兩者都希望重新創造出卡夫卡文章的粗糙感，與其刻意營造自然與戲劇感之間的對比——這個效果在《美國》中特別明顯，故事是關於主角卡爾・羅斯曼（Karl Rossmann）在美國新大陸遭遇了種種費里尼式（Felliniesque）[30]的不幸遭遇。他刻意採用僵化的敘述，而角色的語言讓譯者陷入想要保留，又怕看起來像劣譯的困境。順著布羅德的引導，繆爾夫婦除去許多這種僵硬的句子，以及卡夫卡凌亂的語法和事實錯誤（例如他提到一座曼哈頓的橋，但這橋並非連接到布魯克林，而是連接到波士頓）。的確，他們後來寫道，想要「依照英文的方式，寫自然的英文，就像卡夫卡自己寫的一樣」[31]——雖然從新譯本來看，卡夫卡的文字壓根不自然。繆爾夫婦當然有他們的理由：他們的翻譯出版時，卡夫卡去世才十四年。他們設法引介的是英語系國家幾乎不認識的作者，正如十年前布羅德為德國讀者做的一樣。另一方面，霍夫曼與哈爾曼有餘裕多了，他們翻譯的是家喻戶曉的作家，他們可以自由地把《美國》裡的不完美以完整且精彩的方式呈現出來。換言之，他們的卡夫卡已經不再需要證明什麼。

這時的卡繆也不需要證明什麼了。回來談《異鄉人》足具代表性的開頭（參見第三章）。萊恩・布魯姆（Ryan Bloom）在《紐約客》中，就反對吉爾伯特知名的版本「Mother died today」，指稱使用的Mother太缺乏情感，且吉爾伯特還重新安排卡繆的文字順序（直譯應是「Today, Mother died」），模糊了「『謎樣的』深刻意義」，這需要藉由把母親放在緊鄰的「今天」與永恆的死亡中間才能達成。布魯姆的解決之道是，保持卡繆的語序，並沿用法文的「Maman」（正如馬修・沃德〔Matthew Ward, 1950/1951-1990〕的重譯本）：Today, Maman died.。[32]我無法苟同。要在本書的開頭句就簡練地展現出主人公莫梭的疲憊感，需要一種「更通順、更自然」的語法，也就是布魯姆否定的作法。雖然我同意Mother這個字聽起來頗缺乏人性，但我也認為一開始就插入一個外文字，會擺上卡繆的法文讀者從未面對過的路障，即使那個字是猜得到意思的Maman。除此之外，我相信確切的順序在此不是那麼重要，比較重要的是莫梭在表達人生重大創傷時，為避免招來任何過度的注意或同情，那種就事論事、不帶感情的口吻。更近期珊卓拉・史密斯（Sandra Smith）的譯本加入了一點個人色彩，以比較貼近原文的風格來解決這個問題：My mother died today。*

時間是所有會消失之物的大敵，書也不例外。目前許多經典的重譯本，是朝著更精準、修正過去的錯誤，且更嚴格貼近原文的字彙和語法的方向前進。普魯斯特與卡繆是兩個例子；理查・佩維（Richard Pevear）和拉里莎・沃洛洪斯基（Larissa Volokhonsky）夫妻合譯，且被大肆炒作的十九世紀俄國文學重譯也是另一個例子。翻譯無疑需要定期更新與修正——我自己也著迷於重譯——但是我得在一片叫好聲中敲響警鐘，我要說這可能是代價太高的勝利。這種嘗試修正前輩缺失的作法，最後可能抹煞文本的樂趣，有時得不償失。某些舊譯本無論有多少瑕疵，仍有其優點，透過環境或熟悉度，嫁接到我們對某作品的經歷，進入我們的文學文化，拒絕與表現更好的後生晚輩平起平坐。

霍夫曼（E. T. A. Hoffmann）[33]在〈睡魔〉（The Sandman）中，敘述一名學生納森尼爾無可救藥地迷戀一個機器人及其創造者。而這故事有幾個英文譯本，但我認為最具影響力的是稍微不好看的版本——一九六三年麥克．布拉克（Michael Bullock）的譯本。雖然這版本隨處可見拙劣的句子（"I say, Mama, who is this naughty Sandman who always drives us away from Papa?"「我說媽媽呀，這頑皮的睡魔究竟是誰，這個老是把我們帶離爸爸的人？」），但布拉克總讓我們想起，納森尼爾迷戀沒有生命的機器人歐琳皮雅是多麼恐怖與墮落，也讓我們感覺到他如

---

* 同樣看起來簡單，實際上卻相當棘手的問題，就是本書的書名：法文的「étranger」，意指不知名的人，也指外國人，英國版本就很能捕捉到精髓，以《局外人》（*The Outsider*）當作書名。但比較常見的譯名則是聽起來比較像，語意上卻沒那麼精準的《陌生人》（*The Stranger*），至少在美國這個書名比較普遍。

何應付邪惡的科內留斯，以及如何發瘋；我想沒有其他譯本能把這一切處理得這麼好。同樣的，雖然卡夫卡的《審判》後來有技巧較高明的譯本，但我得承認，我還是留戀一九三七年繆爾夫婦翻譯的版本：「一定有某個人中傷（traduce）約瑟夫K，因為他沒做錯任何事，卻在某個美好的早晨遭到逮捕。」無疑地，有更多更自然、現代的表達方式：新的譯本已經以聽起來更自然的同義詞，例如slander或spread lies about，取代較早的traduce這個動詞。但陳舊古老的traduce一字，卻最能展露出背叛與誹謗的意義，透露其道德與法律上的墮落。這個字聽起來更像卡夫卡的風格。讀者通常不會注意到這些細膩如絲的處理方式，有時譯者也不會注意，但這些處理方式卻編織出一張網，捕捉到奇妙的時刻，一旦遇見就讓人久久縈繞在心，即使這作品的其他內容早已暗淡失色，遭人遺忘。

聽起來像是大家耳熟能詳的諺語「魚與熊掌不可兼得」嗎？無疑是的。但擁有多種譯本讓我們閱讀，有什麼不對嗎？誰說我們**必須**在可得的版本中作出抉擇？為什麼不能像在不停端上新菜的盛宴一樣，有審慎處理的版本，也有充滿奇想的版本，讓我們全部細細品味？

若作者的風格是刻意扭曲自己的語言，那才是真正棘手的情況。翻譯會讓語言稍微朝標準化運用發展是事實，即使譯者設法尊重原文非正規的風格。如果這些非正規的作法和作品密不可分呢？法國作家塞利納（Louis-Ferdinand Céline, 1894-1961）的原文"J'espère qu'à l'heure actuelle il est bien crevé (et pas d'une mort pépère)"，真的完全和曼海姆翻譯的版本"I hope they've killed him off by now (and not pleasantly)"（「我希望他們現在已宰了他（而且不是開心地）」）[34]一樣嗎？不盡然。不過，大家卻都能從英譯中看出塞利納苦澀與諷刺的口吻，即使曼海姆的翻譯並未具備塞利納的特殊文氣。

在另一個近期的重譯本中也能看出這樣的困境——布萊昂・米榭爾（Breon Mitchell）重譯鈞特・葛拉斯的《鐵皮鼓》。米榭爾在譯後記中，（再度）討論曼海姆頗受歡迎的版本，將前輩「流暢好讀」的英文，與「更貼近作者」的版本加以對比：

He was also the Formella brothers' boss and was glad to make our acquaintance, just as we were glad to make his. (Manheim)

他也是弗美拉兄弟的老闆，很高興認識我們，就像我們很高興認識他。（曼海姆譯）

He was also the Formella brothers' boss, and was pleased, as we were pleased, to meet us, to meet him. (Mitchell)

他也是弗美拉兄弟的老闆，他很高興，就像我們一樣高興認識他一樣，認識我們。（米榭爾譯）

米榭爾的論點在於，在這段文字裡，葛拉斯「是靠著交叉引介，引起德國讀者的注意，正如他們在現實生活中常做的那樣。他重新安排句子的文法結構，使之環環相扣。」米榭爾在英文中依樣畫葫蘆，保留這種效果。他的論點固然言之成理，問題是葛拉斯環環相扣的德文（尤其我們在閱讀譯本時沒有讀到米榭爾的注解，事實上也不該依賴注解），到了這裡就只是扭曲的英文。

同樣的，米榭爾提到，葛拉斯寫下一連串的新詞彙：「Daumendrehen,

Strirnrunzeln, Köpfchensenken, Händeschütteln, Kindermachen, Falschgeldprägen, Lichtausknipsen, Zähneputzen, Totschießen und Trockenlegen.」米樹爾認為要傳達這些字的最佳方式，是「稍微讓（英文）語言更誇張一點：thumb-twiddling（擺弄拇指）、brow-wrinkling（皺眉）、head-nodding（點頭）、hand-shaking（握手）、baby-making（生小孩）、coin-faking（偽造錢幣）、light-dousing（熄燈）、tooth-brushing（刷牙）、man-killing（殺人）與diaper-changing（換尿布）。」[35]這是很有創意的解決方式，而「握……生……偽造」也帶著逗趣的氣氛。不過把文字合併起來的作法在德文中比較自然，在英文如果依樣畫葫蘆，把動詞都擺在每個複合詞的後面卻顯得很突兀。也有人主張，寫作是從一個字一個字堆疊出來（雖然並不盡然），必須從句子或段落的層次去考量。重點是，葛拉斯在將其母語做「有趣、創新的」運用時，也是在為他的讀者製造奇特與愉快的效果，但在另一種規則不同的語言中過於貼近地反映出來，結果就只是惹人厭煩。

或許想在譯本確切再現具個人特色的風格，必須仰賴作者本人發揮他才有的自由，例如喬伊斯以法文和義大利文重寫〈安娜・利維雅・普魯拉貝爾〉（Anna Livia Plurabelle）[36]，發揮他對譯入語的深刻認知，為英文版再創作出多種語言譯本，且是有意義的風格的譯本。艾可甚至也斷言：「要了解《芬尼根守靈夜》（*Finnegans Wake*），不妨從（喬伊斯的）義大利文譯本著手。」評論家麥克・伍德（Michael Wood）提到納博科夫以法文撰寫的故事〈O小姐〉（Mademoiselle O）時指出，儘管瑟威爾能夠以「絕對合格的翻譯」處理他的文字，但「唯有納博科夫本人親自重寫其《說吧，記憶》（*Speak, Memory*）一書，這個故事才會變得令人永難忘懷。」[37]作者和自己的文字有獨特的親密關係，是很正常的情況。這也延伸到譯本，自己翻譯會產生意料之外的發現。我曾經把自己的詩作譯成法文，這過程不僅凸顯出自己仍無法充分掌握那熟悉的外語，及其捉摸不定的細膩之處與資源，還讓我發現自己原先並不知道的多層原文意義。

不僅如此，作者以另一種語言來重寫時，就不再是當初寫下原文的同一個作者了：寫作過程與脈絡不能同日而語，語言媒介、讀者也都不同。泰戈爾（Rabindranath Tagore）[38]體認到這一點，因此把自己的孟加拉語詩作翻譯成英文時就刻意調整，以符合西方期待。昆德拉雖然痛罵斗膽更動他風格的譯者，卻也體認到這一點：文努提算過，昆德拉在美國出版社編輯幫助下完成的《玩笑》（*The Joke*）的「改良」譯本，（注：第三個英譯本），結合了昆德拉的譯法與先前譯本的一些段落，且這版本修改與刪節捷克文版本的地方超過五十處。文努提評論道：「作者（昆德拉）雖然批評先前各個英譯本所採用的『歸化』翻譯策略，但等輪到他自己翻譯，顯然也沒有比較高明。」[39]

最後，正如譯者蘇珊・博諾夫斯基（Susan Bernofsky）所說：「所有翻譯都是一種轉換。一個文本在處新的語言與脈絡中時，就是不可能帶來和原文一樣的效果。」如果尊重自己所翻譯的文本，想以各種「忠實」作法來榮耀文本，那麼某種程度的改變是難免的。要更動多少、更動的性質，還有更動的後果是否成功，都取決於許多難以掌握的細節，而且在翻譯的過程中，多多少少都需要調整。翻譯古羅馬詩人卡圖盧斯（Catullus）[40]的作品可採用古典詩歌的形式，也可以用流行的捷舞風格，就像法蘭克・奧林・柯普利（Frank O. Copley）在五〇年代時的作法：「就照我告訴你的方法做，老友啊老友／你會得到很棒的晚餐……**除了愛，我什麼都無法給你，寶貝**」（just do that like I tell you ol' pal ol' pal / you'll get a swell dinner…I CAN'T GIVE YOU ANYTHING BUT LOVE, BABY…，或者如西莉雅與路易・佐科夫斯基（Celia and Louis Zukofsky）用同音字來翻譯，因此「Nulli se dicit mulier mea nubere malle」（我的女人說，沒有任何人她願意嫁），變成「Newly say dickered my love air my own would marry me all」。雷內・多瑪爾（Rene Daumal）[41]的小說《*La grande beuverie*》（直譯為「The big carouse〔大狂飲〕」），英文版書名則調整為《痛快喝酒的一夜》（*A Night of Serious Drinking*），這種作法拋開原文簡短的書名與句法，但仍完美傳達出多瑪爾的語調，本身也是很好的書名。上述例子好不好就讓讀者來評斷，但重點在於，這些作法是讓卡圖盧斯與多瑪爾跨越模糊的文化藩籬，盡力訴說，不在書頁上沉默，躺著等死。[42]

就像任何形式的閱讀，翻譯是詮釋之舉，是來自個人經驗與文化制約，也會受到普世既有事物影響。我們只需要比較同一個文本的各種翻譯版本，就能發現解讀方式多麼不同，以及譯者表達他們的解讀時所帶來的資源有多麼多樣。拉巴薩指出：「一般來說，若一部作品有一萬個讀者，就會變成一萬種不同的書……（譯者的）解讀是其中一種，之後還會在譯入語中產生一萬種不同的書。」這麼一來，模糊的程度就會遽增。原文讀者就有許多可能的理解方式，不同譯者又有多種詮釋，最後讀者如何解讀譯文也難以預測。無怪乎學者馬修・雷諾茲（Matthew Reynolds）會說文學翻譯會是一連串的「鬆散近似值」。[43] 若想要有終極的版本——就像文化間的終極理解——無非緣木求魚。多一點詮釋，其實比較好。

---

1 原注：Laura Bohannan, "Shakespeare in the Bush," in *TTP*, 371–375.

2 一九二八年～，美國哲學家、語言學家、認識學家、邏輯學家、政治評論家。其所提出的生成語法（generative grammar）被認為是二十世紀理論語言學研究的重要貢獻。

3 原注：Noam Chomsky, in the documentary *We Still Live Here*, quoted by Kelly and Zetzsche, *Found in Translation*, 29; Rabassa, *If This Be Treason*, 7; Richard Lourie and Aleksei Mikhailov, "Why You'll Never Have Fun in Russian," quoted by Lynn Visson, "Simultaneous Interpretation: Language and Cultural

Difference," in Bermann and Wood, *Nation, Language, Ethics*, 57–58.

4 原注：Tim Parks, *Translating Style*, 2nd ed. (London: Routledge, 2014), 243.

5 一九二四～一九八七，美國作家、小說家、詩人、劇作家。身為黑人和同性戀者，其不少作品關注二十世紀中葉美國的種族問題和性解放運動。代表作有小說《山巔宏音》、《喬凡尼的房間》、《另一個國家》等。

6 一九三五～二〇〇四，法國小說家、劇作家、編劇。以書寫中產階級的愛情故事聞名。

7 原注：Lawrence Venuti, "Translation, Community, Utopia," in Venuti, *Translation Studies Reader*, 497. Cf. Mark Polizzotti, "Change of Plans: *Plan of Occupancy* Revisited," *Columbia Journal* 54 (spring 2016): 129– 139. 最近在翻譯莫迪亞諾的作品（他也是個精簡大師）時，我確實比較了英文和法文字數，之後梳理我的版本，刪除所有不必要的文字，讓我的譯本盡量吻合莫迪亞諾的文風——即使這麼一來得重新安排句法，或者用一個英文字來取代幾個法文字。這種調整能否更能吻合原文「美麗的身軀」？我相信可以。

8 一九六三～，美國導演、編劇、監製和演員。其電影特色為非線性敘事的劇情、諷刺題材、暴力美學以及新黑色電影的風格。最知名的作品有《霸道橫行》、《黑色追緝令》、《追殺比爾》等。

9 原注：Kelly and Zetzsche, *Found in Translation*, 176–178.

10 原注：Shoshana Blum-Kulka, "Shifts of Cohesion and Coherence in Translation," in Venuti, *Translation Studies Reader*, 297; Kelly and Zetzsche, *Found in Translation*, 75.

11 原注：Richard Howard, "A Professional Translator's Trade Alphabet," in *The Craft and Context of Translation*, ed. William Arrowsmith and Roger Shat- tuck (Austin: University of Texas Press, 1961), 166; Bellos, 169.

12 原注：Marcel Rioux, *Les Québécois*, quoted by Annie Brisset, "The Search for a Native Language: Translation and Cultural Identity," in Venuti, *Translation Studies Reader*, 342.亦參見 343, 358–359, 361.

13 原注：Quoted by Visson, "Simultaneous Interpretation," 58.

14 原注：Crucial and elusive": Esther Allen, "The Will to Translate: Four Episodes in a Local History of Global Cultural Exchange," in Allen and Bernofsky, *In Translation*, 95; "Dickensianity" and so on: Bellos, 289– 290.

15 一九一九～二〇一三，英國作家，代表作有《金色筆記》等，二〇〇七年獲諾貝爾文學獎。

16 原注：Adam Thirlwell, *The Delighted States* (New York: Picador, 2010), 89; Doris Lessing, interview in *Premio Mondello: Letteratura 1975–1987*, quoted by Parks, Translating Style, 241.

17 原注：Marcel Proust, *Contre Sainte-Beuve*, quoted ibid., 240.

18 一八五九～一九三五，法國猶太裔軍官，一八九四年因猶太人的身分而遭誤判叛國，引發社會衝突，後來獲得平反。

19 一八五七～一九二四，波蘭裔英國小說家，是少數以非母語寫作而成名的作家之一，被譽為現代主義先驅。他周遊世界近二十年，三十七歲（一八九四年）才改行成為作家；在寫第一本小說前僅自學了十多年的英文。其作品深刻反映新舊世紀交替對人性的衝擊，主要作品包括：《黑暗之心》、《吉姆爺》、《密探》等。

20 原注：Robert Douglas-Fairhurst, "In Search of Marcel Proust," quoted by Findlay, *Chasing Lost Time*, 298 (see also 195, 197, 297, 216–217); Lydia Davis, "Some Notes on Translation and on Madame Bovary," *The Paris Review* 198 (fall 2011), accessed August 21, 2017, https://www .theparisreview.org/letters-essays/6109/ some-notes-on-translation-and -on-madame-bovary-lydia-davis; D. H. Lawrence, foreword to *Women in Love*, quoted by Parks, *Translating Style*, 15.

21 一八八五～一九三〇，英國作家。二十世紀英語文學最重要的人物之一，也是最具爭議性的作家之一。創作風格大致仍屬於現實主義，作品對情感和性愛的描繪非常直白，毫不隱諱。最著名的作品包括《兒子與情人》、《虹》、《戀愛中的女人》和《查泰萊夫人的情人》。

22 前七〇～前一九，奧古斯都時代的古羅馬詩人。其作品有《牧歌集》、《農事詩》、史詩《艾尼亞斯紀》等三部傑作。

23 一五三三～一五九二，是法國在北方文藝復興時期最具代表性的哲學家，以《隨筆集》（*Essais*）三卷留名後世。

24 原注：Dryden, "Dedication to the *Aeneis*," 150; Benjamin, "Task of the Translator," 73.

25 一八五四～一八九一，法國著名詩人。無法歸類的天才詩人，創作時期僅在十四～十九歲，之後便停筆不作。受法國象徵主義詩歌影響，超現實主義詩歌的鼻祖。

26 一九五三～，美國電影導演，其畢製電影《長假漫漫》在業界獲得好評，正式進入影壇的《天堂陌影》為他拿下各大國際獎項，創新的拍攝手法奠定其獨立電影大師的地位。之後推出《不法之徒》、《神祕列車》、《地球之夜》與《你看見死亡的顏色嗎？》，逐漸成為美國公路電影具代表性的導演。以冷冽節奏的鏡頭，帶出對人生與人性的細膩描繪。

27 一九五四～，美國好萊塢知名喜劇演員、劇作家、電視與電影製片人。他的幽默常應用於社會觀察，代表作品是電視情境喜劇《歡樂單身派對》（*Seinfeld*）。

28 原注：Jorge Luis Borges, "Pierre Menard, Author of Don Quixote," trans. Anthony Bonner, in *Ficciones*, ed. Anthony Kerrigan (New York: Grove, 1962), 52–53.

29 一八八四～一九六八，捷克猶太裔作家，也是卡夫卡的朋友、傳記作家。

30 費里尼（Federico Fellini, 1920-1993）為義大利藝術電影導演，同時也是演員及作家，執導的電影曾四度囊括奧斯卡最佳外語片。一九五〇年代以《小牛》、《大路》等片奠定導演名聲，預告了新寫實主義的轉型。六〇年代更以《生活的甜蜜》、《八又二分之一》等片臻至創作巔峰，「費里尼式」也成為電影美學的專有名詞，指的是費里尼電影中所具備的幻想與超現實風格。

31 原注：Edwin Muir and Willa Muir, "Translating from the German," in Brower, *On Translation*, 93.

32 原注：Ryan Bloom, "Lost in Translation: What the First Line of 'The Stranger' Should Be," *New Yorker*, May 11, 2012, accessed May 28, 2017, http://www.newyorker.com/books/page-turner/lost-in-translation-what-the-first-line-of-the-stranger-should-be.

33 一七七六～一八二二，德國浪漫主義時期最具代表性的作家之一，多撰寫奇幻與哥德式恐怖故事。作品多為後人取材，如〈胡桃鉗與老鼠王〉由柴可夫斯基譜寫為芭蕾舞劇《胡桃鉗》，〈睡魔〉被迪利伯改編為芭蕾舞劇《柯佩里拉》，還激發更多藝術創作，如奧芬巴哈的輕歌劇《霍夫曼的故事》，舒曼的鋼琴樂曲《克萊斯勒之魂》，華格納歌劇《唐懷瑟》、《紐倫堡的名歌手》、《漂泊的荷蘭人》。

34 原注：Ralph Manheim, trans., *Journey to the End of the Night*, by Louis-Ferdinand Céline (New York: New Directions, 2006), 16. 這句話較口語的翻譯是："Let's hope they've bumped him off by now (and I don't mean easy-peasy)."「希望他們現在已經幹掉他了（我不是指很輕鬆的意思）。」在一九五七年的〈俚語出自恨〉（L'argot est né de la haine）中，塞利納指出「恨意催生了俚語。俚語是要表達心中的被剝奪感。」

35 原注：全引自Breon Mitchell, translator's afterword to G nter Grass, *The Tin Drum* (New York: Houghton Mifflin Harcourt, 2009), 569–570.

36 即《芬尼根守靈夜》的部分章節。

37 原注：Eco, *Experiences*, 115; Michael Wood, "Power of Babble," *Bookforum*, summer 2008, 26.

38 一八六一～一九四一，印度詩人與哲學家，諾貝爾文學獎得主。

39 原注：Venuti, *Scandals*, 6. Cf. Bassnett, *Translation*, 49–50.

40 約前八七～前五四，其繼承了古希臘女詩人莎芙（Sappho）的抒情詩傳統，對佩脫拉克、莎士比亞等後世詩人有深遠影響。

41 一九〇八～一九四四，作品帶有超現實主義況味的作家及詩人。最為人知的是其死後出版的小說《*Mount Analogue*》。

42 原注：Susan Bernofsky, "Translation and the Art of Revision," in Allen and Bernofsky, *In Translation*, 233; Frank O. Copley, translation of Catullus, Poem 13, quoted by Bassnett, *Translation Studies*, 85; Celia and Louis Zukofsky, *Catullus*, quoted by Venuti, *Translator's Invisibility*, 215 (the "normal" English line is by Charles Martin, *The Poems of Catullus*, quoted ibid.).

43 原注：Rabassa, *If This Be Treason*, 8; Matthew Reynolds, *The Poetry of Translation*, quoted by Bassnett, *Translation*, 152.

第六章

同情叛徒

每個譯者進入這一行的故事似乎都帶著機緣，我也不例外。大約四十年前，在因緣際會之下，我來到咖啡店，和法國小說家莫里斯・霍許在同一張桌子對坐。那時我十七歲，偷偷到巴黎的大學旁聽課程。鼎鼎大名的霍許大約五十歲，他密切來往的文學陣營原樣派（Tel Quel）裡不乏一些當紅作家。我有一門課程就是要上他最新的小說《代碼X》（*CodeX*）。霍許本人才剛講完這堂課，而我在這裡和他面對面，真正活生生的作者就在眼前。

太年輕的讀者可能不知道《原樣》，它是一份期刊，深深影響一九六〇、七〇年代的法國知識分子。這份期刊的編輯包括菲力普・索雷爾（Philippe Sollers）、茱莉亞・克莉斯蒂娃（Julia Kristeva）、雅克・德希達（Jacques

Derrida），還有當時最知名的公共知識分子羅蘭・巴特（Roland Barthes）[1]。他們也出版《原樣》叢書，主要為理論或小說（常常也是這兩者的結合），以難懂馳名，刻意用困難的語言寫就。這些書甚至看起來很嚇人，悉數以素樸的白色書封與嚴肅的棕色邊框設計發行。買這系列的書，就像投入一場晦澀的革命行動。

閱讀《代碼X》讓我又喜又懼。書中有一個接一個的文字遊戲、神祕文化事件和圖像文字，指涉的事物包羅萬象，從拉伯雷（François Rabelais）[2]、喬伊斯，到近期的新聞標題都包括在內；此外還有外國文字、混成詞、發明的文字及混亂的排版，再再挑戰讀者的忍耐極限。有些句子裡的文字會排到另一行上方，導致句子分岔（例如下頁範例）。另外小說有一部分文字是參考莫札特的〈安魂曲〉，卻用法文字取代拉丁文，因此字音雖然聽起來一樣，卻產生了不同的逗趣敘述。雖然我並非前衛森林的菜鳥，卻束手無策。我奮力應付霍許令人摸不著腦袋的雙關語、準韻（assonance）[3]，甚至三關、四關語，卻只能搖搖頭，覺得似乎根本沒辦法翻譯。但這會兒，我就和作者坐在咖啡廳裡。介紹我們結識的共同朋友去打電話時，我想不出怎麼打開話匣子，只好說：「哎呀，霍許先生，把你的小說翻譯成英文一定很有趣！」我這麼脫口而出，但霍許沒有沉默不語或禮貌帶過，反而眼睛發亮，興致勃勃。接下來兩年，我翻譯了《代碼X》（成果淒慘）與霍許較早期的小說《密實》（*Compact*，稍微比較成功）。

翻譯霍許的作品難在哪裡？以下是《代碼X》中的範例：

Don Juan prenant son/au petit pied, troud *balisant* en qué-quête d'absolu
—et levant le coude à la santé de veuve poignante:

(*les queues en l'air sont pour la main droite*)

我硬著頭皮這樣翻：

Don Juan steady on his/with cold feet, *groping* in cock-quest of the absolute

—and bending an elbow to the health of Miss *Palmer*:

(*upright stems are played with the right hand*)

唐璜 站穩腳步

興致缺缺，**摸索出**那話兒的極致探索

——並彎曲手肘，祝**帕莫**小姐健康：

（以右手玩弄直棒）

如果我對自己客氣些，會說這譯文已保留足夠的意義與文字遊戲，因此不算完全失敗。不過，這譯法仍差強人意。steady on his feet和prenant son pied的意義不同，後者指的是性事方面的「大為享受」與「快要高潮了」，但我必須保留

最後一個字以便與原文有所對照（不然，我也可以用getting his kicks〔爽翻了〕這個詞，只要我能找到第二個以kicks結尾的短句）。Troudbalisant是個複合字，結合了俚語trou de balle（肛門）與動詞marking out（標示出），意指劃出明確的解剖區，但groping（摸索）這個字只能有所暗示，於是語言之間的滲透就消失了。Veuve poignante（有力的寡婦）是veuve poignet的文字遊戲（字面是「寡婦手腕」，即自慰之意）；我翻譯的Miss *Palmer*雖然暗示了palm（手掌），卻還得靠著斜體這種笨拙的方法來強調手淫。你了解吧。

霍許的《密實》又是另一套挑戰。這部小說有七個不同的敘事，每個都用不同的字體（粗體、斜體、小型大寫字母等等），呼應特定的人（我、你、他、一人、它）與特定時態（過去式、現在式、未來式、條件式）。這就像剪下一段又一段的錄音帶並把它們接合起來，形成一整個新的複合敘述，即使每段敘述都有自己的完整性與連續性。這表示《密實》可以從頭讀到尾，順著敘事線讀，或者一次只讀一個敘事。我有時覺得自己像是在翻譯用剪報隨機拼接成的崔斯坦・查拉（Tristan Tzara）[4]詩句，或是垮掉的一代以切割技法寫成的文字，只不過我得讓所有的碎片呼應之後出現在文本裡的內容，同時又要能傳達霍許精心創作的節奏和語法。

由於《密實》的建構方式特殊，加上霍許喜愛文字遊戲和語文效果，有時候我反而花比較多時間在調整，而不是翻譯。舉例來說，這小說的主角是個住在巴黎閣樓的盲人，很容易受到不速之客侵擾，其中包括一名年輕美國女人，她的語言結合英式英語和濃濃的北美式法語，那是在巴黎整個拉丁區的咖啡館很常聽得到的腔調。我看不出有什麼直接的方法可以呈現這種效果，因此把這個美國女人變成「法蘭系」（Frrrensh）女孩，完整保留她滑稽的語調與異國言行舉止。其他譯者想必會有其他處理方式，講話口吻彷彿曾在許多法國電影演出的美國女星珍・茜寶（Jean Seberg），帶著誇張口音。對我來說，這是當下最有意義的處理方式，不僅是依據我對這小書的解讀，也是依據我對身為作者的霍許、他的感受，以及他想達到的語調的理解（結果他喜歡這作法）。

幾十年過去，我譯過幾十本書之後，翻譯到琳達・勒（Linda Le, 1963-）的《命運三女神》（*The Three Fates*），她將《李爾王》「轉譯成」一本三個生活在當代法國的越南女子的小說。勒是以法文寫作的越南裔小說家。和許多其他原本使用外語的作者一樣，例如貝克特、納博科夫、康拉德、尤聶斯科（Ionesco）與（更近期）的鍾芭・拉希莉（Jhumpa Lahiri）[5]，勒在處理新語言時，把它當成是珍愛卻又奇異的物品，因此將語言翻來覆去把玩，一邊讚嘆它的輪廓，又想看它形體扭曲時會是什麼模樣。藝術家與作家李奧諾拉・卡林頓（Leonora Carrington）[6]曾以基礎的法語或西班牙語構思許多故事，她認為語言的陌異度很重要：「我不會受文字的成見阻礙，而且我只明白它們的現代意義。這讓我可以在最平凡的句子裡加入神祕的意義。」[7]

以勒的例子來說，我能感覺到她對語彙的**可塑性**很著迷，甚至在使用時會超出其原本的意義。為了再現她迂迴、準韻、熟悉詞源與焦慮的語言特性，我也得要求自己做一樣的事。有時我也得創作才能重新創作，因為勒的文字會要求譯者主動參與。例如在某些段落裡，她會拿一個常見的慣用語，例如feuille de choux（意指便宜的八卦報或低劣小報），之後拚命使用，讓它在接下來的好幾頁裡成為延伸比喻。以這個例子來說，我就把這個詞彙以字面直譯為「包心菜葉」，盡量自然地融入譯文之中，這樣它才可以視需求**種植**、**澆水**、**施肥**。另一個例子是，廉價的西裝稱為couleur vite passée（「快速過時的顏色」）。這次我決定翻譯成「過時的顏色」，透過它無法維持光彩，強調衣服的俗麗。在另一段則提到一名來自西貢的富有觀光客和一名女性伴遊來到城市，那女子被形容為une fine liane，亦即纖細的「爬藤植物」或「攀爬物」。這兩種譯法都能完善傳達那酒吧女郎依附著「吉姆爺」時婀娜多姿的模樣，但我決定使用liana（藤本植物），這個字在英文中雖不常見，卻像輕快響亮又人性化的女性名字。

再舉一個例子：艾薛諾茲的小說《高大的金髮女郎》（*Big Blondes*）中，我碰到了塗鴉文字Ni dieu ni maître-nageur（直譯為「Neither god nor swimming instructor」（不是神，也不是游泳教練」）），這是法國無政府主義者知名口號的雙關語，意思是「沒有神，沒有主人」。我在書出版前沒能想出滿意的解答，就譯為Neither Lord nor Swimming-master（不是主，也不是游泳主人）」，這是玩弄lord and master這個短語的作法。問題當然在於，在英文中沒有游泳**主人**，只有游泳**老師**。幾年後，我有機會重新修正，於是改譯為「不會游泳的，就教游泳」。

無可否認，這是歸化的譯法，把艾薛諾茲很法式的塗鴉，變成英語系讀者較容易理解的譯法。但和我第一個版本不同的是，它聽起來多了應有的嬉笑怒罵，感覺就像真的會出現在公共泳池牆上的塗鴉，因而較能自然地融入小說中虛構的世界。這是最好的解決方式嗎？正如霍許的《密實》、勒的《命運三女神》及幾乎所有的翻譯一樣，沒有絕對答案，只有一連串需做的抉擇。

譯者回憶錄是新興的出版類型，其中的精華是討論翻譯時的措辭選擇。這些回憶錄是由知名譯者撰寫，如拉巴薩、瑪莉・安・考斯（Mary Ann Caws）[8]、格羅斯曼與萊文，出版這些作品的則是相當大的出版社，例如新方向或耶魯大學出版社。這些回憶錄象徵著眾人看待翻譯及譯者的態度有一百八十度的轉變。儘管魯本・布勞爾（Reuben A. Brower）在一九五九的選集《論翻譯》（*On Translation*）開頭就問：「為什麼要翻譯一本書？」（接下來就是為翻譯的正當性辯護），但近年來的書已不再為這種疑慮所苦。專業譯者能讓自己的思考受到主流出版社青睞，就清楚顯示現在已經沒什麼人在問這樣的問題了。

已故的拉巴薩翻譯過馬奎斯、科塔薩爾（Julio Cortázar）[9]、尤薩（Mario

Vargas Llosa）[10]等其他推動一九六〇、七〇年代拉美文學熱潮的名家作品，他的譯作把這些大將之作引進美國，大可驕傲地主張譯者的重要性。他雖然深深敬重作者，但不僅拒絕把自己視為作者的下屬，還給予自己合作者（如果不是共同作者）的地位，因為他處理的是相同的語言題材、相同的表達難題。他的回憶錄《如果這是背叛》（*If This Be Treason*）並未給有志翻譯之士多少指點，那些想把翻譯實務翻摺成複雜理論的人更是找不到多少可參照的方針（拉巴薩寫道：「我把策略留給理論家，因為我只談手法。」）。[11]不過，這本回憶錄至少讓我們有近距離窺探工作時的大師的錯覺。

我認為，拉巴薩所譯的《百年孤寂》開頭格外引人。原文是：「Muchos años después, frente al pelotón de fusilamiento, el coronel Aureliano Buendía había de recordar aquella tarde remota en que su padre lo llevó a conocer el hielo.」拉巴薩翻譯為：「Many years later, as he faced the firing squad, Colonel Aureliano Buendía was to remember that distant afternoon when his father took him to discover ice.（許多年後，邦迪亞上校面對行刑隊，會記得那久遠的午後，那時，他父親帶他去發現冰。）」拉巴薩提

到：「這段文字有很多不同的可能譯法，」

Había de可翻譯為would（來段繞口令，「How much wood can a woodchuck chuck」），但我認為was的感覺比較好。我選擇remember（記得）而不是recall（回憶），因為我認為這個字傳達出更深刻的記憶。remote（遙遠）可能會讓人有些不適當的聯想，例如遙控器或遙控機器人。此外，在談到時間時，我喜歡用distant（久遠）……真正難替換的是conocer這個字，我發現，我的選擇讓許多喜歡挑翻譯毛病的教授見獵心喜……這個字乍看之下，是指初次知道某人或某事、熟悉某件事。在這裡則是指第一次碰面或學習。但比起西班牙文saber（透過經驗知道），它也可以指更深入地知道、了解某件事物。馬奎斯用conocer這個西班牙文單字，是想帶入背後的一切意涵。但是know ice（認識冰）在英文是說不通的，感覺好像在說：「你好嗎，冰？」另一種解釋則是to experience ice（去體驗冰）。第一種譯法很蠢，第二種很笨。當你初次知道某種東西，就等於是發現它了。[12]

閱讀譯者回憶錄及各種討論翻譯藝術的文集時，都會注意到譯者總是專注於某些事。許多人強調很難忍住修改個不停的衝動，即使書出版後也一樣。關於「彌補」的重要也有人討論，「彌補」指的是，如果某個字句無法在出現的地方達到原文具有的效果，那麼應該設法在其他地方達到，只是這個作法有人贊成，也有人反對。有人提到，任何翻譯都有難以預測的主觀程度。「星期四，翻譯莫拉維亞（Alberto Moravia）[13]時，（譯者）可能會用『也許』，」韋弗嘲弄道，「星期五翻譯曼佐尼（Alessandro Manzoni）[14]，他可能會用『說不定』。」[15]儘管這些書中總有不同程度的哀哭切齒——看來譯者似乎總是愛抱怨——但當中也常讚頌他們能夠如此親密與發揮創意地來翻譯心儀作品時的喜悅。

翻譯的驚險刺激中，也有好些關於實務的問題。在動手翻譯之前，應該先讀原文文本嗎？答案似乎只能是不假思索的「當然！」。不過，有些譯者選擇像相親一樣處理自己的任務——例如拉巴薩就公開坦承，在翻譯時才初次閱讀那本書。這種方式聽起來或許傲慢，或許懶惰，但有其優點：走到後台固然有助於詮釋一齣戲劇，也可能減少探索新鮮事的驚喜感。譯者一定要遵循既定用法嗎？正如前面提過，翻譯通常會讓語言朝標準化前進，但有時發明巧妙的措辭，就能清楚傳達作者打破成規的精神。例如我在處理霍許的作品時，就常需要違背「正確」的英文。翻譯真的有完成的時候嗎？就和任何寫作一樣，翻譯總有進一步改善的空間，即使書出版之後也一樣；總有疏漏之處。義大利文與法文中各自有用來表示這種事後諸葛的字眼：「pentimenti」與「repentirs」，兩者都直接說明了這是種必須悔改且深感悔恨的罪。

盡量把後悔降到最低，是譯者永遠在追求的聖杯。雖然很少發生，但理想的狀態是，重新閱讀自己幾年前翻譯的東西時，**找不到**非得修正的段落。我在這方面的主要策略之一（並非萬無一失）是先從作者所寫的文字著手，一旦我思考出如何用英文描述書中場景便開始做想像。那些文字與短句會用來形容那張沙發、飯店大廳、那些角色的行為嗎？這行對話聽起來確實像在這種情況下會說的嗎？語氣正不正確？要強調的以及情緒對不對呢？為了達到正確效果，我需不需要改變措辭、語法，或確切的字彙呢？那並不是要改變原文，而是要看看原文會讓我想到什麼，再用我可以支配的語言工具，設法在內心重新創造相同的畫面

——而不是得像奴隸一般，聽從字典的定義，因為字典可能不會說出符合我或者原文需求的用詞。要得到真理，有時就得像狄金森（Dickinson）所言，「旁敲側擊」。

這又牽涉到譯者最常面對的一大難題：該不該改進原文（或該改進多少）？這個問題和自古以來關於忠實的爭議有很明顯的關聯，意見也一樣分歧。艾略特・溫伯格（Eliot Weinberger）[16]說要「嚴加避開」改進的誘惑，但約翰・魯瑟福（John Rutherford）[17]認為，讓原作變得更好是「完全合理」之舉，「因為譯入語可能會有其他的表達方式，是原文沒有的。」貝洛斯則是強調，「幫助讀者」與「抹除原文」之間有模糊地帶。[18]在尋找作法時，向來需要判斷與敏感度。就和優秀的編輯一樣，好譯者必須判斷哪些修改最能幫助原文達到目的，哪些只是平白繞路。重要的是，不要被人為限制牽絆，以為原文的明顯缺點也不容褻瀆。「譯者會犯的最嚴重錯誤，」韋弗說，「就是一再告訴自己，『原文是這樣說』，於是放棄盡全力努力。」[19]作品裡可能含有粗糙之處，就像桌上的刺，製作者會很樂於用砂紙磨平這些瑕疵。如果作者跟我們說東，但意思其實是西，或把公共地標放在城市的錯誤地點（例如卡夫卡在《美國》中說的那座橋就是通往波士頓，而非布魯克林），那麼在譯文中修正是背叛作品，或是為作者服務？如果我看到這樣的錯誤，且作者也還在世，我在詢問之後，他們一概樂於修改。但這是一己之談，不是保證。

如何評斷一個譯本？正如我們所見，長年來有好些答案。我以翻譯為業，也完成過好些翻譯作品，我會主張，評判標準的重點應是執行得成不成功，或者有沒有說服力。守著意義的緊箍咒或是否與原作一致，有時行得通，但有時適當的偏移，反而會產生猶如在歌唱，而非結結巴巴的版本：就連「忠實」都需要些許表達詩意的特權。更神奇的是，嚴格來說一樣「精準」的兩個譯本，有時其中之一讀來彷彿吃力行走，另一個則予人翱翔天際之感。

在這方面，我要挑戰法國哲學家保羅．利科（Paul Ricœur, 1913-2005）的主張。他說「我們要能把原文與譯入語文本，和第三種文本比較，而第三種文本所傳達的文意，也應當符合那種從原文傳達到譯入語文本的文意。」[20]翻譯不是鏡像，它本身就是一個作品。譯文的讀者是譯入語的讀者，譯文必須向這些讀者訴說。比意義更重要的是，翻譯要傳達的是氣氛，也就是班雅明所說的**光芒**，能告訴完全不懂原文的讀者，他們手上的東西是真實的、是重現的。

安德烈．紀德（Andre Gide）[21]寫小說，有時也從事翻譯。他就譴責有些人太賣弄學問，太著重於字面意義上的批評，以致錯失重點：「我強烈反對因為一個譯本這裡或那裡有輕微誤譯，就惡意誹謗它（或許該譯本在其他方面有絕佳的表現）。……要提醒大眾看見明顯且通常瑣碎的錯誤，總是輕而易舉。最重要的優點是最難鑑賞，也最難道明的。」[22]以下的個案研究並非要誹謗任何既有譯本（雖然我有我的意見），而是要彰顯不同的譯者在翻譯相同的文本時，會有不同的作法。

首先舉一個我個人的例子。在福樓拜未完成的最後一部小說《鮑華與貝庫歇》中，有兩個愚蠢滑稽的中年圖書館抄寫員退隱至鄉間，決定要征服從農業到羅曼史等所有人類壯舉。在其中一章，他們（短暫）嘗試做體操，但就和所有的嘗試一樣，最後也以災難收場。在這個段落，貝庫歇設法踩高蹺走路：

La nature semblait l'y avoir destiné, car il employa tout de suite le grand modèle, ayant des palettes à quatre pieds du sol, et, en équilibre là-dessus, il arpentait le jardin, pareil à une gigantesque cigogne qui se fût promenée.

這是一九〇四年無名氏的譯文：

Nature seemed to have destined him for [stilts], for he immediately made use of the great model with flat boards four feet from the ground, and, balanced thereon, he stalked over the garden like a gigantic stork taking exercise.

這是一九五四年厄普（T. W. Earp）與斯多尼爾（G. W. Stonier）的版本：

Nature seemed to have destined him for them, for he immediately used the large model, with treads four feet above the ground, and balancing on them, he stalked about the garden, like a gigantic crane out walking.

這是一九七六年克萊爾謝默爾（A. J. Krailsheimer）的版本：

Nature seemed to have destined him for that, for he at once used the large size, with footrests four feet above the ground, and balancing on them he strode up and down the garden, like some gigantic stork out for a walk.

最後奉上我二〇〇五年的版本：

Nature seemed to have predestined him for these. He immediately opted for the tallest model, with footrests four feet off the ground; and, balancing up there, he paced around the garden like a giant stork out for its daily constitutional.

（大自然似乎已注定要他做這些事。他立刻選擇最高的款式，踩板距離地面四英尺；他在高高的地方平衡之後，就在花園裡走來走去，彷彿巨大的鸛鳥出來做每日健身運動。）

雖然每種版本大同小異，但我試著強調小說中明顯的喜劇效果；一方面強調不合理的高度，高高瘦瘦的貝庫歇踩著很長的高蹺（是**最高**，而不是**大**；是在**很高的地方**，而不是**在上面**而已），並透過鸛鳥像美國喜劇演員菲爾茲（W. C. Fields）那樣做**健身運動**，而不只是**走路**的意象來表現。

這是相當明顯的例子，但以下的例子就不是那麼一目瞭然。貝克特在生涯早期，曾翻譯過幾篇短篇的超現實作品，其中有幾個段落是選自布勒東與艾呂雅（Paul Éluard）[23]的《始孕無玷》（*The Immaculate Conception*, 1930）。布勒東在第一次世界大戰期間曾擔任精神科實習醫生，看過有精神問題的病人說話滔滔不絕，令他留下「驚人的印象」。十四年後，他和艾呂雅試著模擬那些病人的語言與思路特色。

在翻譯時，這文本特殊的挑戰在於，譯者不僅需要複製意象，更要寫實傳達出那種心智狀態所蘊含的非理性邏輯。或許部分正因為這項挑戰，使這文本成為絕佳的借鑑，說明譯者的主觀選擇會影響結果，以及靈感乍現可能如何透露出原文隱藏的層面，或引領我們進入一扇不同的門。以這段模擬「麻痺性痴呆」（General Paralysis）的文字為例：

Ma grande adorée belle comme tout sur la terre et dans les plus belles étoiles de la terre que j'adore ma grande femme adorée par toutes les puissances des étoiles belle avec la beauté des milliards de reines qui parent la terre l'adoration que j'ai pour ta beauté me met à genoux pour te supplier de penser à moi je me mets à tes genoux j'adore ta beauté ...

這個段落是艾呂雅寫的，那熱烈到幾乎像是祈禱者的語調，是其詩作與情書的特色——的確，這段文字也是當作情書在寫。

這是霍華德的版本：

My great big adorable girl, beautiful as everything upon earth and in the most beautiful stars of the earth I adore, my great big girl adored by all the powers of the stars, lovely with the beauty of the billions of queens that adorn the earth, my adoration for your beauty brings me to my knees to beg you to think of me, I throw myself at your knees, I adore your beauty ...

（我了不起的可愛大女孩，美得如我在世界上所愛的一切，和地上最美的星星一樣，我了不起的大女孩得到所有星星的力量所愛，如同妝點世界的無數王后那麼美，我熱愛你的美，因而跪求你想我，我在你膝前跪下，我熱愛你的美……）

這裡的署名是「火炬中的我」（Yours in a Torch）。看起來是還不錯，但我覺得聽起來是相當滑稽的詮釋，好像英國演員卡萊・葛倫（Cary Grant）[24]在唸艾呂雅的作品。

貝克特在翻譯時，則採用古舊的語法，像透過傳輸器連接兩種詩歌傳統：

Thou my great one whom I adore beautiful as the whole earth and in the most beautiful stars of the earth that I adore thou my great woman adored by all the powers of the stars beautiful with the beauty of the thousands of millions of queens who adorn the earth the adoration that I have for thy beauty brings me to my knees to beg thee to think of me I am brought to my knees I adore thy beauty ...

（汝乃吾盛愛者美若吾愛之世間與地上至美之星汝得繁星之寵豔比世間無數后妃之和汝之華容令吾贊矣求汝之思念跪嘆汝之嬌顏⋯⋯）

署名是「焰中之吾」（Thine in flames）。為了精簡篇幅，我只指出，以宮廷情詩中的傳令官用語轉換一九三〇年代麻痺性痴呆的論述，如此一來，貝克特就比霍華德更能保留艾呂雅狂熱懇求的精髓，雖然霍華德確實比較遵守原文意義。

話雖如此，譯者的創意也可能失控，至多只能成為有趣的烏力波（Oulip）[25]練習，而成果也僅止於此。一名學者提議不翻譯意義或聲音，而是翻譯外觀，例如把英文名詞soul（靈魂）翻譯成法文形容詞soûl（酒醉）。另一名學者克萊夫・史考特（Clive Scott）把文本分解成散落的碎片。他把翻譯呈現為「把口說的內容轉換抄錄下來」的過程。[26]史考特以這種作法，處理法國詩人阿波利奈爾（Guillaume Apollinaire）[27]單相思的情詩〈安妮〉（Annie）（摘自《醇酒集》〔*Alcools*〕）。前兩個詩節在法文讀起來是這樣：

Sur la côte du Texas
Entre Mobile et Galveston il y a
Un grand jardin tout plein de roses
Il contient aussi une villa

Qui est une grande rose
Une femme se promène souvent
Dans le jardin toute seule
Et quand je passe sur la route bordée de tilleuls
Nous nous regardons

我直譯如下：

On the Texas coast
Between Mobile and Galveston there is
A large garden full of roses
And inside it a villa
That is a giant rose

Oftentimes a woman walks
Through that garden on her own
And when I pass on that linden-lined street
Our eyes meet

（在德州海岸／在墨比爾市與加爾維斯敦之間／有座滿是玫瑰的大花園／裡頭有間別墅／是朵大玫瑰／經常有位女子／獨自走過花園／而我經過那椴樹林立的街道時／我們四目相交）

以下是史考特的版本：

OntheTexasseaboard

La mer,　　cigarette?

Comme tu tremblais!

Comme tu te serrais contre moi!

On aurait dit que tu me prenais pour un . . .

Le transistor s'est arrêté.

between

M-O-B-I-L-E and Galvestonthere's

A large garden

brimming with roses

and there's

a villa, too, itself

a giantrose

Often

A WomanWalks

Quite alone

SATURDAY EVENING POST SATURDAY EVENING POST SATURDAY EVENING POST

/ SATUR

and whenIpassbyon the limetreelinedroad WE

Look at each other . . .

在「借助……分散式排版，以及垂直語法結構的誘導下，」史考特認為他這種「暫停、猶豫」的版本，能表現出「這首詩所探討的存在困境」[28]——感覺是不錯，不過正如班特利可能提出的批評，這不能稱作是阿波利奈爾。用穿插的法文營造虛假的親密感，就像舊型電晶體收音機裡常常能夠聽到的某些標準美國公共電視外語原聲帶一樣，讓英文讀者無法理解原文所營造的場景。此外，阿波利奈爾的詩就算沒有那些天花亂墜的排版，也已經夠探索靈魂的存在，不必多此一舉。

這並不表示，譯者應該避免發揮想像力，墨守成規。非也：貝克特如傳令官口吻的替換就是個例子，說明如何善用想像力。我在本書中也用了許多其他例子，說明譯者可善用創意。這領域的天地寬廣，有足夠空間讓譯者的個性共存共生，甚至和作者的個性水乳交融。我甚至願意承認，如果譯作要有個性，這樣的準融合狀態是必要的。在最好的情況下，作者和譯者可雙向投入（無論是文字或想像），共同打造出能保有原文所有效果與力量的譯本。萊文在《顛覆的抄寫》（*The Subversive Scribe*）中，詳細說明她如何與作者合作，為英語讀者調整拉丁美洲作者的文字遊戲與個人特色，一同重新構思出後續的創作成果。但就算作者並未參與，這過程還是類似的。「我在翻譯散文或詩歌時，不會成為作者，」美國詩人保羅．布雷克本（Paul Blackburn）[29]在訪談中提到，「但我絕對會在作者費心的事上用心。另一人全神貫注的事也會占據我的心……那不光是閱讀一種語言、了解語言，並把它轉換成英文。那是要了解讓人做這件事的趨力，以及他要往哪裡前進……不光是了解文本而已。從某種方式來說，你每一次都活在作品裡，我是指，**你人是在那裡的**。」[30]

貝克特為艾呂雅增加的新面向，及史考特對阿波利奈爾的破壞，兩者的差異在於其中一人豐富了我們對原文的體驗，帶出我們可能未曾想過的層面，而另一人只是譁眾取寵，在鏡頭前跳上跳下，淹沒了作者的聲音。由審慎思考、富有才華的譯者所創造的譯本，目標不在背叛原作，而是以原作之名，提供同樣美（甚至更美）的文字來榮耀原作。好譯本的目標是要讓譯文比原文更好、更有活力，而不是消滅原文的本質，讓原文變得模糊，失去生氣。

---

1 一九一五～一九八〇，二十世紀歐陸重要思想家、法國「新批評」大師、文化符號學開拓者。他堪稱當代最具影響力的文藝奇葩、最富才華的散文家，於符號學、社會學、文化研究、文本理論、結構主義等領域，皆有傑出貢獻，與傅柯、李維．史陀、拉岡、德希達、布希亞等巨擘並稱於世。

2 約一四九三～一五五三，法國文藝復興時期作家，也是人文主義代表人物，代表作為《巨人傳》（*La vie de Gargantua et de Pantagruel*）。

3 又稱類韻，是指押韻的部分是單字中的母音，未必是最後一個字才押韻。

4 一八九六～一九六三，羅馬尼亞裔的法國前衛詩人，著有多篇名詩句，如《道路》等。

5 一九六七～，印裔美國作家，二〇〇〇年以短篇小說集《醫生的翻譯員》獲普立茲文學獎；第一部長篇小說《同名之人》曾改編電視劇，《陌生的土地》則獲得弗蘭克．歐康納國際短篇小說獎，第二部長篇小說《低地的風信子》入圍美國國家書卷獎決選、英國曼布克獎決選。新作《另一種語言》則獲維亞雷吉歐—維西利亞國際獎（Premio Internazionale Viareggio-Versilia）。

6 一九一七～二〇一一，英國出生的墨西哥藝術家，超現實主義畫家和小說家。成年後大部分時間都在墨西哥城生活，是二十世紀三〇年代的超現實主義運動最後倖存的參與者之一，也是七〇年代墨西哥婦女解放運動團體的創始成員。

7 原注：Leonora Carrington, quoted by Parul Sehgal, "The Romance and Heartbreak of Writing in a Language Not Your Own," *New York Times*, June 4, 2017, BR59.

8 一九三三～，作家、歷史學家及文學評論，曾翻譯馬拉美、布勒東等人的著作。

9 一九一四～一九八四，阿根廷小說家、散文家。被視為拉美文學爆炸運動（Latin American Boom）的發起者之一。

10 一九三六～，祕魯作家、詩人、諾貝爾文學獎得主。與馬奎斯齊名，亦同為拉美文學爆炸時期的重要作家，目前在台上市的繁體中文版小說，有首作《城市與狗》、以高更為主角的《天堂在另一個街角》、文集《給青年小說家的信》，以及勾勒獨裁者特魯希優的小說《公羊的盛宴》。

11 原注：Rabassa, *If This Be Treason*, 63.

12 原注：同上，97—98.

13 一九〇七～一九九〇，義大利小說家。台灣曾出版《來自羅馬的女人》、《化裝舞會》、《情色故事》、《羅馬故事》、《鬧劇》、《冒險》等作品。

14 一七八五～一八七三，義大利詩人、小說家。《約婚夫婦》（*I promessi sposi*）為其代表作，寫出十七世紀義大利在異族統治和國內專制勢力壓迫下的中下層人民困苦的生活，反映了一九三〇年代義大利要求民族統一和獨立的願望；悲劇《卡馬諾拉公爵》、《阿達爾齊》對義大利浪漫主義有很大影響。

15 原注：William Weaver, "The Process of Translation," in Biguenet and Schulte, *Craft of Translation*, 117. 關於翻譯之樂的討論，請參見Lydia Davis, "Eleven Pleasures of Translating," *New York Review of Books*, December 8, 2016, accessed August 4, 2017, http://www .nybooks.com/articles/2016/12/08/eleven-pleasures-of-translating/, and Davis, "Some Notes on Translation."

16 一九四九～，美國作家、編輯與翻譯。曾翻譯諾貝爾獎得主、墨西哥詩人帕斯，以及波赫士等名家的作品。

17 一九四一～，美國小說家與西英翻譯。曾翻譯《唐吉軻德》與西班牙文學評論家、小說家克拉林（Clarín, 1852 -1901）的長篇小說《庭長夫人》（*La Regenta*）。

18 原注：Weinberger, "Anonymous Sources," 28; John Rutherford, "Translating Fun: *Don Quixote*," in Bassnett and Bush, *Translator as Writer*, 79; Bellos, 199.

19 原注：Weaver, "Process of Translation," 117.7.

20 原注：Ricoeur, *On Translation*, 22.

21 一八六九～一九五一，二十世紀法國首席文學家之一，一九四七年諾貝爾文學獎得主。二十一歲發表第一部作品《安德烈．瓦爾特筆記》，作品廣納小說、回憶錄、評論集、散文集，代表作有《地糧》、《窄門》、《背德者》、《紀德日記》等。

22 原注：Andre Gide, quoted by Justin O'Brien, "From French to English," in Brower, *On Translation*, 90.

23 一八九五～一九五二，法國超現實主義詩人。曾參與超現實主義運動、西班牙內戰、抗敵運動等。與當代藝術家的互動相當密切。他的情詩感人，有「愛情詩人」之譽；其經歷戰火淬鍊的詩篇特別聞名。

24 一九〇四～一九八六，英國電影演員，出身貧寒，十四歲失學加入馬戲團巡迴演出，十六歲在美國紐約演舞台劇，後擔綱演出希區考克執導的多部電影。

25 意思是「潛在文學工作坊」，是由數學家與文人共同推動參與的實驗文學運動。

26 原注：Jean Paris, "Translation and Creation," in Arrowsmith and Shattuck, *Craft and Context*, 57; Clive Scott, "Translating the Literary: Genetic Criticism, Text Theory and Poetry," in Bassnett and Bush, *Translator as Writer*, 113–114.

27 一八八〇～一九一八，法國詩人、劇作家、藝術評論家。其詩歌和戲劇在表達形式上多有創新，被認為是超現實主義先驅之一。

28 原注：同上，114.

29 一九二六～一九七一，美國詩人、譯者、編輯。曾翻譯洛加、帕斯、畢卡索、科塔薩爾等作家的作品。

30 原注：Paul Blackburn, interviewed in *The Poet's Craft: Interviews from the New York Quarterly*, ed. W. Packard, quoted by Venuti, *Translator's Invisibility*, 246.

第七章

詩歌與爭議

「對詩人來說，翻譯就像自己的腦袋遭到啃食，」俄國詩人安娜·阿赫瑪托娃（Anna Akhmatova）[1]說。[2]雖然她的用詞聽起來令人發毛，卻道出一種普遍的態度：對許多詩人來說，翻譯是巨大的災難。他們擔心，某個舞文弄墨的傢伙可能笨拙地蹂躪了他們的格律與押韻，或者亦步亦趨，導致原本輕盈俐落的創作變得拖泥帶水，難以展翅飛翔。如果聖經是學術翻譯的神聖主戰場，那麼長年來人文學者的爭論焦點就是詩歌。詩歌依然是許多譯者最終極的毅力大考驗——美國詩人佛洛斯特（Robert Frost, 1874-1963）曾言簡意賅地嘲弄詩歌「會在翻譯中佚失原意」，雖然這句話常遭到斷章取義[3]。這不僅是因為詩的技術特徵與簡練不容太大犯錯空間，也因為這文類長久以來，都在文學之巔占有無可動搖的地位

（在十七世紀之前，那些存心想在翻譯領域掀起爭端的人，只能選擇聖經或詩歌，因為那時候現代形式的文學散文幾乎還未問世，就算有也仍無法登大雅之堂，遑論討論散文的翻譯問題）。

「散文作者、小說家、哲學家都可以被翻譯，且通常不會造成太大損害，」保羅・梵樂希（Paul Valéry）[4]高傲地說，但是「嚴格來說，真正的詩人是無法被翻譯的。」然而通常能譯出最美、最雋永的詩歌譯文的，正是詩人。有時詩人的翻譯擁有強烈的個人風格，因此反而能夠打破局限。＊「優秀的翻譯，」王紅公主張，「能流傳到我們的時代，是因為……譯者就是以詩人的身分在譯詩，因此他是以自身話語所具備的真實力量在發聲，並且清楚他是直接在和自己的讀者溝通。」這樣的翻譯早已超越了形式的嚴格考量——這些考量長久以來多集中在爭論詩歌能否翻譯，且最終總會陷入技術細節的泥淖。[5]

為什麼詩歌翻譯的技術細節如此容易引發辯論，理由顯而易見：無論詩歌聲稱多「自由」，和任何其他文學類型相比，詩歌的本質就是與形式特色緊密結合（與米爾頓〔John Miltion〕[6]相比，惠特曼〔Walt Whitman〕[7]或康明斯〔e.

e. cummings〕[8]的韻律和節拍，並不會較欠缺思慮或目的性）。這立即讓譯者陷入獨特的難題，包括押韻、格律與詩歌的種類，以及不同種類的詩歌在兩種語言之間的修辭與文化上，分別代表什麼意義。如果把一首十四行詩從法文翻譯成英文，應該保留法文常見的結構，亦即每行十二音節，或換成英文讀者較熟悉的傳統十音節？如何處理「陽性」與「陰性」音韻，或者整體的音韻？有些譯者至少

*的確，泰特勒就認為「只有詩人能譯詩」。這裡提供支持這項觀點的詩人簡短名單，並把範圍限制在二十與二十一世紀的英美語系，並排除前言中已經提過的詩人：大衛·安廷（David Antin）、瑪麗·喬·班（Mary Jo Bang）、布雷克本、羅伯·布萊（Robert Bly）、安·卡森（Anne Carson）、約翰·查爾迪（John Ciardi）、詹姆斯·迪基（James Dickey）、羅伯·鄧肯（Robert Duncan）、大衛·蓋斯科因（David Gascoyne）、唐諾·霍爾（Donald Hall）、謝莫斯·希尼（Seamus Heaney）、理查·霍華德、高威·金內爾（Galway Kinnell）、肯尼斯·柯赫（Kenneth Koch）、斯坦利·康尼茨（Stanley Kunitz）、莉卡·雷瑟（Rika Lesser）、丹妮絲·列維托夫（Denise Levertov）、詹姆斯·麥瑞爾（James Merrill）、威廉·斯坦利·默溫、米萊（Edna St. Vincent Millay）、羅恩·帕吉特（Ron Padgett）、羅伯特·賓斯基（Robert Pinsky）、艾德麗安·里奇（Adrienne Rich）、梅·薩藤（May Sarton）、查爾斯·席米克（Charles Simic）、梅·斯文森（May Swenson）、納桑尼爾·塔恩（Nathaniel Tarn）、艾倫·泰特（Allen Tate）、查爾斯·湯林森（Charles Tomlinson）、艾略特、溫伯格、理查德·威爾伯（Richard Wilbur）、威廉·卡洛斯·威廉斯（W. C. Williams）與查爾斯·肯尼斯·威廉斯（C. K. Williams）……等等。

會保留部分押韻模式，稍加更動意義也在所不惜，但有些人則認為自由韻腳是在譯入語中讀起來也不勉強。以我自己的例子，我在翻譯波特萊爾、韓波與普魯斯特的詩時，都有這種迷惘的經驗。一開始翻譯的時候是不受格律限制的自由詩，但譯著譯著就有如筆仙附身，我根本無法抗拒，就朝著使用一些押韻的方向前進。

（話雖如此，也別只顧著詩歌與散文的差異，或者相對的風格難度。福樓拜曾突發奇想，想發明一種「和詩歌一樣有韻律，和科學一樣精準」的寫作風格，他的意思只是想讓散文擁有過去人們賦予詩歌的相同價值。「一旦小說變得像首好詩，」瑟威爾說，「一旦風格代表一切，那麼小說的翻譯就不再只是次要問題，而是重要的問題。」[9] 換言之，小說就和十四行詩一樣棘手。無論翻譯哪一種文學作品，事實上問題都不小，但我們暫且把這問題擱置不論。）

作家與評論家愛德華．羅迪蒂（Edouard Roditi, 1910-1992）翻譯過土耳其作家亞沙爾．凱末爾（Yaşar Kemal, 1923-2015）的《瘦子麥麥德》（*Memed, My Hawk*）。他曾寫道：「詩的靈魂全然棲居於詩的血肉之中；越小心的譯者，越會觀察到詩的所有語言、文法、修辭與敘述細節，也越能在另一種語言中，審慎地重新建構詩的血肉，真切地賦予其靈魂。」從表面看來，這是個光榮的提議，尊重形式與內容的完整性。但通常來說，這樣的作法會將生動的原作化為呆板的改造物，而威廉·斯坦利·默溫（W. S. Merwin）[10]的提醒無疑較接近真實情況。他指出，詩的形式元素「是內嵌在原文之中……你可以提出建議，可以淬鍊你自己的語言來仿造那些形式，但即使如此，你還是無法讓這形式在你的語言中發揮原文的效果。」語言會改變、用法會變化，讀者解讀文本的方式也會變。古老的經典詩節若在當代脈絡下複製，很快便會失去莊重典雅的風格，正如法國詩人博納富瓦所言，變得「虛假或令人洩氣地平庸」。默溫還說：「我必須感受這首詩在原文中為什麼令人興奮。我不想誤導讀者，讓讀者誤會這首詩的真正意義，但我希望譯作也有相同的——怎麼說呢——戲劇感吧，某一種……急迫感。也不完全是急迫感，但如果完全沒有急迫感，如果平平板板，那麼無論押不押韻、符不符合格律之類的，都已失去了這首詩。」[11]

在某種程度上，這是譯者（或者會翻譯的詩人）與詩人之間的爭論。這裡的詩人指的是自認是獨一無二的「原文」作家之輩，他們認為自身詩作的確切特色不容竄改。俄國詩人約瑟夫・布羅茨基（Joseph Brodsky）[12]就曾向默溫表達這種不妥協的態度，他宣稱「俄國詩歌是神聖的」，其格律與押韻必須在翻譯中一絲不苟地保留（「喔，當然囉，就跟其他所有詩一樣，」默溫不以為然地說）。這裡不再贅述先前提過應該給予譯文聲音與神韻，只補充說明這點在翻譯詩歌時似乎應加倍受到重視，因為這種文類非常凝鍊，又講究形式，需要投入對詩更多的敏銳度，才能保有作品的生命。

譯者克拉倫斯・布朗（Clarence Brown）注意到，有「詩人特色」的譯者最後都不是把詩譯成譯入語，而是譯成自己的語言。「曼德爾施塔姆……並不是把佩脫拉克翻譯成俄語，而是翻譯成曼德爾施塔姆。……〔羅伯特・〕羅厄爾並不是翻譯成英文，而是翻譯成羅厄爾。」[13]

一九九二年，學者羅德格（Douglas Robinson, 1954-）回溯聖人彼此間最早的辯論，追溯出兩個不同的譜系：一種是「客觀、完美主義與系統性的」，這派乃傳承自奧古斯丁，另一派則包含許多「特立獨行之人」，例如龐德、羅厄爾與早期的納博科夫，這派則是源自於耶柔米。正如羅德格提到後面這群人時曾說，「主流西方翻譯研究最大的誘惑之一，」在於消除基因庫裡這些「怪異、愛唱反調的暴躁之人。」[14]

龐德無疑是多數人心目中排名第一的奇才。他是美國詩人，自然深受美國文化（他拼為「kulchur」）和當地慣用語影響，卻比同時代其他詩人更致力將取自各種語言和年代的詩歌傳統所集結成的龐雜涓流，匯入現代美國詩文的洪流，並在過程中為這股洪流注入新的活力。就和歌德相信翻譯能為譯入語文化帶來活力，龐德聲稱「偉大的文學時代或許總是偉大的翻譯時代；或在其後發生。」[15]龐德是個模仿天才，能利用世界文學中的片段打造與表述自己的作品，例如其史詩般的《詩章》就是最明顯的例子。在書中，他爬梳廣泛的文學資源來翻譯，有時採用古代深奧的英文語句，傳達諸如卡瓦爾康蒂（Guido Cavalcanti,

1258-1300）等義大利詩人的古風，其他則採用較為中性的現代用語，以沒有時間限制的詞語來傳達古早風情。

龐德翻譯的中國古詩——一九一五年出版的《華夏集》——無疑仍是他最受爭議的翻譯作品。本書的副標題是「選集中大多為李白之作，且參考了已故費諾洛薩教授（Ernest Fenollosa）[16]的筆記，及森懷南與有賀長雄教授的解讀」。事實上龐德「完全不懂中文」（這是王紅公所說，但他仍認為《華夏集》是龐德最好的作品）[17]，而是仰賴費諾洛薩的學問與自己的直覺來翻譯，因此一個世紀以來飽受評論者嗤之以鼻，但他的譯文無疑主要也是因為他不懂中文，才能如此動人細膩。讓學究哀號吧：許多人都認為，比起後來堅守表意符號的教授們，龐德最能貼切且優雅地捕捉李白和孔子的神韻。的確，翻譯有個知名的弔詭現象：自由改寫在某方面比許多飽學的版本更貼近字面；至少有一名學者指出，雖然龐德不懂中文，但他「**憑著直覺**，修正了費諾洛薩手稿中的錯誤。」[18]

且讓我們看看這種直覺禁不禁得起考驗。《華夏集》中的一大名詩是〈長干行〉（The River Merchant's Wife: A Letter）。在思考龐德翻譯的這首詩，以及其他更「忠實」的版本之前，先來看看費諾洛薩的注釋版本：

（中文原文：

妾髮初覆額，折花門前劇。郎騎竹馬來，繞床弄青梅。同居長干里，兩小無嫌猜。

十四為君婦，羞顏未嘗開。低頭向暗壁，千喚不一回。十五始展眉，願同塵與灰。

常存抱柱信，豈上望夫臺。十六君遠行，瞿唐灩澦堆。五月不可觸，猿聲天上哀。

門前遲形跡，一一生綠苔。苔深不能掃，落葉秋風早。八月蝴蝶來，雙飛西園草。

感此傷妾心，坐愁紅顏老。早晚下三巴，預將書報家。相迎不道遠，直至長風沙。）

My hair was at first covering my brows
Breaking flower branches I was frolicking in front of our gate.
When you came riding on bamboo stilts
And going about my seat, you played with the blue plums.
Together we dwelt in the same Chokan village.
And we two little ones had neither mutual dislike or suspicion. (no evil thoughts or bashfulness)

At fourteen I became your wife—
Bashful I never opened my face (I never laughed)
but lowering my head I always faced toward a dark wall ashamed to see anybody—she sat in dark corners
And though a thousand times called, not once did I look around ...

At fifteen I first opened my brows

(i.e., I first knew what married life meant now she opens her eyebrows.

i.e.. smooths out the wrinkles between her brows. She now began to understand love, and to be happy.)

And so I desired to live and die with you even after death, I wish to be with you even as dust, and even as ashes—partially together.

I always had in me the faith of holding to pillars

And why should I think of climbing the husband looking out terrace.

At 16, however, you had to go far away.

(both yen & yo are adj. expressing form of water passing over hidden rocks)

(towards Shoku passing through the difficult place of Yentotai at Kuto.)

The ship must be careful of them in May.

Monkeys cry sorrowful above heaven.

Your footsteps, made by your reluctant departure, in front of our gate one by one have been grown up into green moss.

These mosses have grown so deep that it is difficult to wipe them away.

And the fallen leaves indicate autumn wind which (to my thought only) appears to come earlier than usual.

It being already August, the butterflies are yellow.

And yellow as they are, they fly in pairs on the western garden grass.

Affected by this, (absence) my heart pains.

The longer the absence lasts, the deeper I mourn, my early fine pink face, will pass to oldness, to my great regret.

If you be coming down as far as the Three Narrows sooner or later,

Please let me know by writing

For I will go out to meet, not saying that the way be far,

And will directly come to Chofusha.

龐德依照費氏的筆記，翻譯出以下版本：

While my hair was still cut straight across my forehead
I played about the front gate, pulling flowers.
You came by on bamboo stilts, playing horse,
You walked about my seat, playing with blue plums.
And we went on living in the village of Chōkan:
Two small people, without dislike or suspicion.

At fourteen I married My Lord you.
I never laughed, being bashful.
Lowering my head, I looked at the wall.
Called to, a thousand times, I never looked back.

At fifteen I stopped scowling,
I desired my dust to be mingled with yours
Forever and forever, and forever.
Why should I climb the look out?

At sixteen you departed
You went into far Ku-tō-en, by the river of swirling eddies,
And you have been gone five months.
The monkeys make sorrowful noise overhead.

You dragged your feet when you went out.
By the gate now, the moss is grown, the different mosses,
Too deep to clear them away!
The leaves fall early this autumn, in wind.

The paired butterflies are already yellow with August
Over the grass in the West garden;
They hurt me. I grow older.
If you are coming down through the narrows of the river Kiang,
Please let me know beforehand,
And I will come out to meet you
As far as Chō-fū-Sa.

我們把範圍縮小在這首詩的最後幾行，看看一九二九年詩人陶友白（Witter Bynner）的版本：

And now, in the Eighth-month, yellowing butterflies
Hover, two by two, in our west-garden grasses. ...
And, because of all this, my heart is breaking

And I fear for my bright cheeks, lest they fade.
Oh, at last, when you return through the three Pa districts,
Send me a message home ahead!
And I will come and meet you and will never mind the distance,
All the way to Chang-fêng Sha.

由葉維廉翻譯的更新近譯本（一九七六年），像標數學題目一樣，把每個詩節都標上數字：

23. In the eighth month, butterflies come
24. In pairs over the grass in the West Garden.
25. These smite my heart.
26. I sit down worrying and youth passes away.
27. When eventually you would come down from the Three Gorges.

28. Please let me know ahead of time.
29. I will meet you, no matter how far,
30. Even all the way to Long Wind Sand.

龐德的版本較具表現性，比較像一名少婦苦苦思念離家在外的丈夫所寫下的信件——這雖不是什麼新奇的說法，但是在將這幾個版本加以比較後，更可清楚看見兩個事實。其一在於龐德用字精簡，雖然用字較少，卻訴說得更多，而這會影響閱讀經驗。他並沒有說出商人之妻願意走多遠，以求短暫重逢（陶友白提到never mind the distance，葉維廉的版本則是no matter how far），龐德只用As far as Chō-fū-Sa來說明。西方讀者或許不知道長風沙到底有多遠，但我們知道已經夠遠了；藉由保持簡潔，龐德與讀者建立起親密的默契。第二則是和地名的使用方式有關。就像莫迪亞諾精確列舉出巴黎的隱匿場所，龐德在營造「中國感」時，並未不適切地精準翻譯出英語用法——和葉維廉不同，葉的語法可能不那麼自然，也刻意把地名翻譯出來，讓人覺得這首詩更陌生遙遠，也因為不那麼真實，而削弱了力道。我們會認為，中國有地方叫做Chō-fū-Sa（長風沙），而不是Long Wind Sand（就像在法國，人們會稱Eaubonne為歐博訥鎮，而非「好水」鎮）。以史坦納的話來說，龐德創造的不是比較精準的翻譯，而是較好的意象，比其他版本更接近西方人對中國詩歌的想像。史坦納寫道：「龐德以最精簡的方式模仿並說服讀者，這並非因為他或他的讀者了解很多，而是因為雙方剛好都知道得很少。」[19]這讓我們想起詩人T．S．艾略特對龐德所下的知名定義：「我們這時代的中國詩歌創作者。」

龐德本人不講究忠實，畢竟他把詩經〈將仲子〉稱為「爵士樂手仲」（Hep-Cat Chung），還說普羅佩提烏斯（Sextus Propertius）[20]的地窖裡沒有富及第牌冰箱（Frigidaire）[21]。他關注的並不是「一個人說什麼，而是他要表達什麼**意思**……文字的**隱含之意**」[22]。在這方面，〈長干行〉當然也有不少自由發揮與插入的文字，若把龐德的版本和他所參考的版本相比，光在前兩節就能注意到still cut straight、pulling flowers、playing horse、My Lord you這幾句的差異，但這些都有助於在語言中創造出一個世界，既讓人想起李白詩中的世界，本身也具有新鮮感。

正如曼德爾施塔姆和布朗提到的羅厄爾，龐德最後翻譯出的，是龐德。

同樣具爭議的是羅厄爾的《模仿集》（*Imitations*）。這本書在六十年前出版時就讓讀者爭論不休。羅厄爾一開始就說他「刪節、移動詩文，搬動詩節，改變意象，變動格律和意圖，」不屑地指稱所謂「可靠」的翻譯方式「只譯出字面意義，卻忽視了語調，而……在詩歌中，語調最為重要」，藉此為自己的翻譯方式辯護。羅厄爾呼應了愛德華・費茲傑羅與十七世紀英國詩人亞伯拉罕・考利（Abraham Cowley, 1618-1667）等譯者。考利在其所翻譯的古希臘詩人品達（Pindar）[23]作品中的譯序指出：「我依照喜好增刪，目的並非讓讀者知道品達究竟說了什麼，而是他說話的**方式**與**模樣**。」[24]

不令人意外的是，評論家唐諾・卡恩－羅斯（D. S. Carne-Ross）稱羅厄爾具有「占有原作，並主宰原文」的傾向，當然會引來批判。一名評論者就抨擊羅厄爾的某本譯作，使得阿赫瑪托娃「說出極為冒犯她記憶之事」[25]；或在另一本譯作中把中世紀末法國詩人維永（François Villon, c. 1431-c. 1463）變成美國犯罪小說家米奇・史畢蘭（Mickey Spillane, 1918-2006）。不過，羅厄爾倒是把自己的譯作，視為是榮耀翻譯固有的創意潛力，而他所做的以下評論則顯示，他這麼做其實是尊重原作，而不是意圖支配原作。「翻譯的重點，」他告訴卡恩—羅斯，是「帶入之前不存在於英文的東西。」[26]

羅厄爾與龐德恰好都曾嘗試翻譯韓波的詩〈綠色小酒館〉（Au cabaret vert），比較一下兩人的成果可得到許多啟發。但我們先看看一段比較貼著字面的譯文（譯者是華萊斯．弗利〔Wallace Fowlie, 1908~1998〕，他的翻譯具體而微地呈現羅厄爾反對的「可靠」版本）：

For a week my boots had been torn
By the pebbles on the roads. I was getting into Charleroi.
—At the Cabaret-Vert: I asked for bread
And butter, and for ham that would be half chilled.

Happy, I stretched out my legs under the green

Table. I looked at the very naïve subjects
Of the wallpaper.—And it was lovely,
When the girl with huge tits and lively eyes,

—She's not one to be afraid of a kiss!—
Laughing brought me bread and butter,
Warm ham, in a colored plate.

羅厄爾不那麼在乎場景設定，而是比較注意韓波詩中散發的年少輕狂語調，因此他用了原文中沒有的俚語，營造更隨興的調性：

For eight days I had been knocking my boots
on the road stones. I was entering Charleroi.
At the Green Cabaret, I called for ham,

half cold, and a large helping of tartines.

Happy, I kicked my shoes off, cooled my feet
under the table, green like the room, and laughed
at the naïve Belgian pictures on the wall.
But it was terrific when the house-girl

with her earth-mother tits and come-on eyes—
no Snow Queen having cat-fits at a kiss—
brought me tarts and ham on a colored plate.

最後，龐德的版本強調韓波那種青少年缺乏耐性的特色，把這首詩刪到只剩精華，同時保留些許韻腳：

Wearing out my shoes, 8th day
On the bad roads, I got into Charleroi.
Bread, butter, at the Green Cabaret
And the ham half cold.

Got my legs stretched out
And was looking at the simple tapestries,
Very nice when the gal with the big bubs
And lively eyes,

Not one to be scared of a kiss and more,
Brought the butter and bread with a grin
And the luke-warm ham on a colored plate.

（第八天，我穿破了鞋子／在糟糕的路面上，我來到沙勒羅瓦。／在綠色小酒館，有麵包、奶油／還有半涼的火腿。

我把腿伸長／看著簡單的掛毯／美好的是，大胸脯的女孩／活潑的雙眼／不怕親吻／帶著笑容送來奶油與麵包／把微溫的火腿放在彩色餐盤上。）

龐德的版本把音節切得細碎，強調出急切感，即使在靜止的狀態也是如此，那正是韓波的公路之歌的特色。這裡用的語言簡化到近乎速記——和原文的亞歷山大詩行（alexandrines）[27]非常不同，卻很適切：如果韓波還在世，或許會喜歡寫搖滾歌曲（想想美國龐克樂手吉姆・卡羅爾〔Jim Carroll〕或龐克教母佩蒂・史密斯〔Patti Smith〕），而不是十四行詩。

但這是翻譯嗎？光譜的另一端是滿臉怒容，自稱「弗拉基米爾・堅定不移的納博科夫」（Vladimir Adamant Nabokov）的人在等。他是「零偏差派」的教長，拿著奧古斯丁的山胡桃權杖，揮向可惡的耶柔米教派，例如龐德與羅厄爾之輩。「我們要鄙棄所有認為翻譯應該『讀起來通順』、『不像翻譯』的傳統觀念，」他說，「事實上，任何聽起來**不像**翻譯的譯作，細看之下必定不精準；但另一方面，佳譯必有忠實完整的優點。」納博科夫在其常受到引用的詩作〈論翻譯《葉夫蓋尼．奧涅金》〉（On Translating *Eugene Onegin*, 1954）開頭，痛斥「翻譯這可悲的事業」：

什麼是翻譯？大盤子上
一顆詩人蒼白怒視的頭顱，
鸚鵡尖聲嘎鳴、猴子吵雜吱吱叫，
褻瀆死者。

在這之前，他指出翻譯的三種致命罪惡：無知、省略，最糟糕的是「玷汙式美化」一項傑作，以迎合大眾品味——「此罪應以足枷懲罰，如同在使用鞋釦的古老年代懲罰剽竊者。」[28]

納博科夫堪稱現代翻譯界最頑固嚴厲的夫子，這名聲可是得來不易。他甚至執拗地主張「最笨拙的直譯，也比最漂亮的改寫有用」，還說「我希望譯本裡有大量注腳，和摩天大樓一樣高到足以碰到這頁或那頁的頂端，以便評注與永恆之間只留下一行內文熠熠生光。」這就是他的期望，並在翻譯普希金（Alexander Pushkin）[29]的史詩《葉夫蓋尼・奧涅金》時實踐——納博科夫稱此作為「最偉大的俄語詩作」，他耗費數十年的功夫翻譯，終於在一九六四年出版，且有足足四卷，其中包含一千兩百頁的評注（他把這獨有特色，發揮到同時撰寫的小說《幽冥的火》〔*Pale Fire*〕，並調侃自己的作法）。他的《奧涅金》前言似乎刻意要嚇跑那些想舒舒服服閱讀的人：「為了達到直譯的理想，我犧牲一切（優雅、悅耳、清楚、好品味、現代用法，甚至文法），那些巧妙的模仿手法，往往比真實受到珍視。」接下來他話鋒一轉，肯定讓霍恩感到驕傲：「當譯者開始翻譯『精神』，而不只是文本的意義，就等於開始背叛作者了。」[30]

其實他的立場並非總是那麼鷹派。若回溯到很久以前，會發現納博科夫較仁慈溫和，曾以有押韻、講究格律的方式翻譯多部作品。其中就包括他早先在一九四五年所翻譯的部分《奧涅金》，當時他便耽溺於自己後來嚴加斥責的「罪惡」之中：

Diana's bosom, Flora's dimple
are very charming, I agree—
but there's a greater charm, less simple,
—the instep of Terpsichore.
By prophesying to the eye
a prize with which no prize can vie
'tis a fair token and a snare
for swarms of daydreams. Everywhere …

（黛安娜的胸脯、芙蘿拉的酒窩／都很迷人，我同意——／但有一種更強烈的魅力，不那麼單純，／——忒耳普西科瑞的足弓。／靠著眼前的預言／沒有獎賞可匹敵的獎賞／那是美麗的記號與陷阱／白日夢蜂擁而至。到處都是……）

他的譯文和一九三六年現代圖書館（Modern Library）版的普希金作品集，亦即當時廣為流通的芭貝特・德烏許（Babette Deutsch）譯本並無太大不同，還比較缺乏力道：

Diana's breast, the face of Flora,
Are charming, friends, but I would put
Them both aside and only for a
Glimpse of Terpsichore's sweet foot.
Prophetic of a priceless pleasure,
A clue to joys beyond all measure ...

（黛安娜的胸脯，芙蘿拉的臉龐，／如此迷人，朋友，但我要把／她們放在一旁，只求／一瞥忒耳普西科瑞的美麗足部。／預言著無價的歡愉，／喜悅之線索……）

這或許就是重點：如果納博科夫提出的最佳版本比不上已存在的版本，那麼根本不值得費事。乾脆大轉彎，採取極端立場，讓大家都不敢碰好了。

轉捩點發生於一九五〇年代，當時納博科夫不再用俄文寫作，而是到美國以英文寫作——他公開坦承，這轉變帶來一些失望：「我私人的悲劇，」他在一九五八年寫道，「不能、當然也不該是任何人的事——我放棄我的母語、我習慣的語彙，我那豐富、無比豐富與容易駕馭的俄語，卻只寫下二流的英語之作。」[31]這時的納博科夫會如同和他一樣懷舊的同胞布洛斯基，開始對俄國詩歌的「神聖性」採取強硬態度，絕非偶然。一九七五年，他發表最終修訂的《奧涅金》譯本之時，已重新改動上述段落：

Diana's bosom, Flora's cheeks,
are charming, dear friends!

However, the little foot of Terpsichore
is for me in some way more charming.
By prophesying to the gaze
an unpriced recompense,
with token beauty it attracts
the willful swarm of longings.

（黛安娜的胸脯、芙蘿拉的雙頰，／都很迷人，親愛的朋友！／然而，忒耳普西科瑞的小腳／對我來說更加迷人。／視線預言著／無可匹敵的獎賞，／美麗的象徵吸引／任性的渴望蜂擁。）

納博科夫為自己巨大的改變提出解釋，指出普希金的押韻、節奏與暗喻，只能靠精確的翻譯才能傳達出來，並靠著大量注釋支撐。這麼一來，他回應了一般人的想法：普希金的作品特別難在翻譯成英語之後存活下來。連中產階級文化提供者《時代》雜誌（*Time*）也承認：「俄羅斯的莎翁沒能順利傳遞到其他語言……大部分西方讀者在面對普希金展現才華的範例時，就只能禮貌點頭（nod）——或是在看到糟糕的譯本時，打瞌睡（nod off）。」[32]

納博科夫修訂的《奧涅金》問題在於，他很努力為西方讀者恢復天才的原貌，卻低估美感體驗，就像「只會說，卻不會做」。這個版本缺少早期版本的活力，聽起來較像是晚餐後的演講，而非了不起的俄國史詩。不僅如此，這版本也並未受到「意義完整度」嘉惠，即使納博科夫的犧牲，是為了保留他假定的意義完整度。最後，《奧涅金》不是譯成英文，甚至連失色的直譯英文都不是，而是淪為不及格的納博科夫。這最終版本在辛辛苦苦列出注釋之後，確實是讓人更了解普希金的創作過程，也更了解納博科夫的創作歷程（無疑也包括他的心態）。不過我們在這譯本中失去的，正是詩作本身。

這是許多人的看法，我可不會假裝這是我的創見。俄羅斯學者葛申科隆（Alexander Gerschenkron, 1904-1978）以難忘卻又帶著譴責的口吻評論納博科夫的翻譯：「可以也確實值得研究；雖有才氣，偶有佳譯，卻難以卒讀。」詩人達德利・菲茲（Dudley Fitts, 1903-1968）稱納博科夫鍾愛大量注腳的作法「令人喜愛」，但幾乎行不通：「我們需要的是不那麼有企圖心，卻又更大膽的東西：那就是另一首詩……（譯者）必須是詩人，也是詮釋者。更直白地說，他在詮釋時也必須要是在寫詩。」事實上，菲茲的直率呼應著納博科夫早期的主張，認為譯者「必須要有同等才華，或至少和他所選作者一樣的才華……（而且）必須擁有模仿的天分」——雖然是納博科夫後來所嘲諷的天分（「小家碧玉式的模仿」）。[33]

針對納博科夫後期的翻譯方法所做的評論非常多，其中最直接、最令人難忘的，來自他多年的好友、文評家愛德蒙・威爾森（Edmund Wilson, 1895-1972）。他曾經盛讚納博科夫早期翻譯的普希金是「詩歌翻譯之最」，卻也曾在《紐約書評》（*New York Review of Books*）的文章中抨擊他一九六四年的譯本。他先是說這譯本「令人失望」，最後不斷挖苦他「過多」的評注，詆毀納博科夫的英文及他的俄文能力。威爾森把這個譯本批評得體無完膚，兩人的友誼也跟著支離破碎。受傷且受辱的納博科夫也不甘示弱，展開越形激烈的交鋒，不僅以豐富學問回擊，也表達個人的輕蔑，這番爭辯旋即偏離了翻譯理論或實務。

在「回應他的批評」中，納博科夫變本加厲宣稱該版本唯一的缺點是「還不夠接近原作，還不夠醜陋，」而他肯定會在一九七五年的修訂版中彌補這個缺點。[34]

風波逐漸平息之後，以撒・柏林（Isaiah Berlin）[35]告訴威爾森他的評價：「我確信重點是，這樣的翻譯只是文學界的特例……（納博科夫）犯了自我陶醉的大師所有的錯誤，很有才華卻自戀，沒有能力傳達其他藝術之作。……這翻譯是納博科夫作品的一部分，而不是普希金的。」[36]不用說，一個人只要稍微發揮想像力，就能把類似的判斷應用到更禁得起時間考驗、如今也更廣為接受的譯作，例如波普的《伊利亞德》、龐德的《華夏集》與羅厄爾的《模仿集》。

1 一八八九～一九六六，詩人與翻譯，有「俄國詩歌的月亮」之美稱，在蘇聯時期曾遭到迫害。曾翻譯法國詩人雨果、印度詩人泰戈爾、義大利詩人萊奧帕爾迪（Giacomo Leopardi）等人的作品。

2 原注：Anna Akhmatova, quoted in Hanne, "Metaphors," 217.

3 原注：實際上的引言是：「我想謹慎而言，我可以這樣定義詩：它就是翻譯散文與詩歌時都會失去的東西。」Robert Frost, *Conversations on the Craft of Poetry* (New York: Holt, Rinehart, and Winston, 1961), 7.

4 一八七一～一九四五，法國作家與象徵主義詩人。除了小說、詩歌、戲劇，還撰寫大量關於藝術、歷史、文學、音樂、政治、時事的文章。

5 原注：Paul Valéry, "A Solemn Address," quoted by Jackson Mathews, "Third Thoughts on Translating Poetry," in Brower, *On Translation*, 74; Rexroth, "Poet as Translator," 171.

6 一六〇八～一六七四，英國詩人、思想家。以其史詩《失樂園》和反對書報審查制的《論出版自由》聞名後世。

7 一八一九～一八九二，美國詩人、散文家、新聞工作者及人文主義者。文風兼併超驗主義與現實主義，有自由詩之父的美譽。其著名詩集《草葉集》，曾因其對性的大膽描述而被歸為淫穢。

8 一八九四～一九六二，美國著名詩人、畫家、評論家、作家和劇作家。以大膽革新的詩風不斷突破語言的邊界，同時又以「愛」作為專注的主題與詩歌的動力，寫出了「本世紀最為優美的對性愛、神及自然的讚美詩篇」。

9 原注：Thirlwell, *Delighted States*, 5.

10 一九二七～二〇一九，美國桂冠詩人，曾二度獲得普利茲詩作獎。

11 原注：Edouard Roditi, "The Poetics of Translation," *Poetry* 60 (1942), 33; W. S. Merwin, interview by Christopher Merrill (2001), in *TTP*, 466–467; Yves Bonnefoy, "On the Translation of Form in Poetry," ibid., 468.

12 一九四〇～一九九六，生於俄羅斯聖彼得堡的美籍猶太裔詩人，一九八七年諾貝爾文學獎得主。

13 原注：Merwin, interview with Merrill, 466–467; Clarence Brown, introduction to *Selected Poems of Osip Mandelstam*, in *TTP*., 464–465.

14 原注：Douglas Robinson, "The Ascetic Foundations of Western Translatology," in *TTP*, 537–538.

15 原注：Ezra Pound, "Notes on Elizabethan Classicists," in *TTP*, 275. 亦參見274.

16 一八五三～一九〇八，日本藝術史專家。日本明治維新時期的重要教育家，致力於保存日本傳統藝術。

17 原注：Rexroth, "Poet as Translator," 187.

18 原注：Eliot Weinberger and Octavio Paz, *19 Ways of Looking at Wang Wei* (Kingston, RI: Asphodel,

1987), 9. 參考這本書，可看出同一首中國詩能有多少不同的譯本。亞當．克許（Adam Kirsch）在評論大衛．辛頓（David Hinton）的《中國古詩選》（*Classical Chinese Poetry: An Anthology*）時，說明辛頓某些較學術式的翻譯，其實「和龐德的翻譯並無太大不同。」（“Disturbances of Peace,” *New Republic*, May 20, 2009, accessed May 27, 2017, https:// newrepublic.com/article/60991/disturbances-peace). 接下來幾段李白〈長干行〉的不同譯本，參見 “Other Translations of ‘A River Merchant's Wife,’” *Modern American Poetry*, accessed April 2, 2017, http://www.english.illinois.edu/maps/poets/m_r/pound/ othertranslations.htm.

19 原注：Steiner, *After Babel*, 359.

20 約前五〇～前一五，古羅馬屋大維統治時期的輓歌詩人之一，他的作品情感豐富，富於變化，現僅存殘篇。

21 龐德在〈向普羅佩提烏斯致敬〉這首詩中，提到了富及第牌冰箱。

22 原注：Ezra Pound, letter to W. H. D. Rouse (1935), in *TTP*, 281.

23 前五一八～前四三八，古希臘抒情詩人，被認為是九大抒情詩人之首。曾寫過十七卷詩，只傳下四卷，其詩風格莊重，詞藻華麗，形式完美。其合唱歌對後世歐洲文學有重大影響，在十七世紀古典主義時期被認為是「崇高的頌歌」典範。

24 原注：Robert Lowell, introduction to *Imitations* (New York: Farrar, Straus, and Giroux, 1961), xi–xii; Abraham Cowley, “Preface to ‘Pindarique Odes’” (1656), quoted by Nida, *Toward a Science*, 17.

25 這裡應是指阿赫瑪托娃在作品中很強調「記憶」，尤其是她知名的作品《安魂曲》。但是有評論指出，羅厄爾在翻譯時忽視「記憶」的重要，甚至在措辭上貶低了記憶的地位。

26 原注：Robert Lowell, interview with D. S. Carne Ross, quoted in *TTP*, 352; “things profoundly offensive”: Guy Daniels, “The Tyranny of Free Translation,” *Translation* 1, no. 1 (winter 1973), 17–18.

27 指六音部十二音節的韻文。

28 原注：“We must dismiss”: Vladimir Nabokov, foreword to *A Hero of Our Time*, in *TTP*, 382; “a crime”: Nabokov, “Art of Translation,” 3.

29 一七九九～一八三七，俄國最偉大的浪漫派詩人，十九世紀俄國寫實主義先鋒，在紛亂的斯拉夫語系和繁多的文化中，奠定了俄國現代語言的基礎，被譽為「俄國文學之父」、「俄國詩歌的太陽」、「俄國第一位民族詩人」。

30 原注：“Clumsiest literal translation” and “I want translations”：Vladimir Nabokov, “Problems of Translation: *Onegin* in English,” in Schulte and Biguenet, *Theories of Translation*, 127, 143; “greatest poem”：Nabokov, quoted in TTP, 388; “to my ideal” and “render the ‘spirit’”：Nabokov, translator’s foreword to Aleksandr Pushkin, *Eugene Onegin: A Novel in Verse*, vol. 1 (Princeton, NJ: Princeton University Press, 1975), ix–x.

31 原注：Vladimir Nabokov, “On a Book Entitled *Lolita*,” in *TTP*, 378.

32 原注：“The Cloak of Genius,” *Time*, February 21, 1969.

33 原注：Alexander Gerschenkron, “A Magnificent Monument?,” quoted in Steiner, *After Babel*, 315n; Dudley Fitts, “The Poetic Nuance,” in Brower, *On Translation*, 34; Nabokov, “Art of Translation,” 8–9.

34 原注：“The best translations”：Edmund Wilson, *The Nabokov-Wilson Letters*, quoted in *TTP*, 382; “a disappointment”：Edmund Wilson, “The Strange Case of Pushkin and Nabokov,” *New York Review of Books*, July 15, 1965, accessed October 22, 2017, https://www.nybooks.com/ articles/1965/07/15/the-strange-case-of-pushkin-and-nabokov/; Vladimir Nabokov, “Reply to My Critics,” in *TTP*, 390. 亦參見 Jeffrey Meyers, *Edmund Wilson: A Biography* (Boston: Houghton Mifflin, 1995), 435–450.

35 原注：一九〇九～一九九七，重要自由主義思想家。終其一生透過難以計數的演講與廣播來捍衛個人自由，其書寫範圍包括語言分析哲學、人文與社會學科的方法論、啟蒙與反啟蒙運動的思想史等學術書寫，以及文學評論、時事分析與人物側寫。

36 原注：Isaiah Berlin, letter to Edmund Wilson, January 25, 1966, quoted by Meyers, *Edmund Wilson*, 444–445.

第八章
懸崖邊緣

翻譯之所以看似不可能的任務、黯淡的影子、「次等麵包」，理由有一籮筐。有些翻譯背叛原文，有些偏離原文，自古以來總令人無法苟同。然而「我們」文學的中堅分子，也就是已經進入文化主流的作品，有不少是以移民的身分前來，在這裡落地生根，成長茁壯。翻譯在原則上或許不可能，但實務上似乎也有不錯的成就。只是在文學地圖上，有些區域的翻譯之路就是比較崎嶇，因而引發一個問題：什麼都能翻譯嗎？

我還是初生之犢時，就翻譯過霍許的《代碼X》（參見第六章）。這次歷練讓我早早學到，即便是最棘手的語言問題，都找得到解決方案，至少理論上是如此（雖然我還有好些霍許的問題尚未解決）。的確，譯者在翻譯英文時，很難保留介係詞之謎，例如upset與setup，或是cut down一棵樹之後又cut it up；laughter與slaughter看起來很像，唸起來卻不一樣；而和所有語言一樣，英文的文字遊戲不一定都翻譯得出來。熟悉美國作曲家柯爾・波特（Cole Porter, 1891-1964）、法國歌手詩人喬治・巴桑（Georges Brassens, 1921-1981）、美國喜劇演員格魯喬・馬克思（Groucho Marx, 1890-1977）的招牌歌曲〈紋身女郎莉蒂亞〉（Lydia, the Tattooed Lady）的通俗樂迷就會知道，歌曲很仰賴押韻、節奏、意義和文化特性之間的複雜互動，而幽默更要靠這些元素來營造。但即使如此，只要交給適當的譯者，有時仍可在另一種語言鮮活地呈現出來。「在翻譯中，唯一不可能的事，是那些還沒有人做過的事，」[1]貝洛斯主張。他深信，「在翻譯一段言詞時，如果你必須關注這言詞的多重面向，也就是你的心智必須進行多層次的模式對應活動，你就會在語言中發掘出過去連你自己都不知道的資源。」接下來的例子，目的在說明即使原文有多「不可能翻譯」，仍會找到其他方式進入其他語言，產生的譯文有時和原文一樣充滿創意，獨具特色。

法國作家喬治・佩雷克（Georges Perec, 1936-1982）的《消失》（*La*

disparition, 1969）是一本漏字文小說，裡頭完全沒有任何字母 e，是長久以來公認無法翻譯的作品，畢竟字母 e是法文與英文裡最常見的字母——因此，在那尚未有「尋找取代」功能的年代，據說佩雷克為了避免不小心讓任何 e出現在稿子上，而在打字機的 e鍵上黏一枚碰到就會痛的大頭針。但是在一九九五年，蘇格蘭小說家吉伯特．艾戴爾（Gilbert Adair, 1944-2011）出版了此書的英文版《虛空》（*A Void*），書裡同樣沒有字母 e，只有許多巧妙的取代與調整，包括把波特萊爾的一篇散文（艾戴爾把詩人的姓氏從Baudelaire改成Baudlair），改寫成他的心靈雙生兄長愛倫．坡（姓氏一樣從Poe被改成了Po）[2]的詩作。

同樣的，法國作家雷蒙．胡賽勒（Raymond Roussel, 1877-1933）也是典型「難翻譯」的作家。他的作品啟發超現實主義、新小說（Nouveau Roman）、紐約學派詩人，以及烏力波文學實驗運動（佩雷克也是成員）；但他的作品不論讀起來或翻譯起來其實都很令人享受。他一本正經地描繪天馬行空的創造物（例如巨大蚯蚓靠著流體力學，在選定之處釋放出重水水滴來「彈奏」齊特琴，或一串葡萄的果肉裡含有複雜的立體場景），讀起來卻令人愉快，而其散文精湛的風格表現講究精準與音樂性，因而甚具語言之美——即使作者給自己加諸許多形式上的限制。

胡賽勒的作品會被歸類為「無法翻譯」，主要就是這些限制所致，即便這樣的歸類並不公允。在他許多作品中，一九一〇年的《非洲印象》（*Impressions of Africa*）正是最好的例子。胡賽勒透過故事插曲、妙喻與細節來塑造書中的角色與其行為，但這一切並非取決於作者的突發奇想，而是高度控制的過程（他稱為「方法」），即語言本身是唯一的動力與指引，不時緊扣著極其複雜的雙關語。比方說，塔魯國王（King Talou）的妻妾表演加冕舞（Luenn'chetuz）時不停打嗝，是藉由théorie à renvois的雙重解釋而來：既是論述（théorie）搭配注釋（renvois）——在這個例子裡，是指塔魯國王主張自己的統治權——也是遊行（théorie）時打嗝（renvois）。另一段插曲的靈感則出自胡賽勒的鞋匠：他把Hellstern, 5 Place Vendome（凡登廣場五號的艾爾斯登）變成一連串同音字helicetourne zinc plat de rend dome（"propeller turns zinc flat goes dome"「推進器把鋅板變圓」），成為小說角色所打造設備的靈感來源。

聽起來令人卻步吧。不過，胡賽勒謹慎藏起他的語言過程（這是他最創新的手法），在他去世後才出版的回憶錄《我如何書寫某些作品》（*How I Wrote Certain of My Books*, 1935）裡才公開。連法文讀者也看不出作者細密的架構手法，這表示，身為英譯者的我雖然必須謹記有這些架構，卻沒必要複製出來。事實上，我在翻譯《非洲印象》時，更大的挑戰來自如何保持精簡與幽默。我的任務是盡量在少許文字中塞進語言的奧妙，正如胡賽勒那樣。但他如何達到這種成就，則是他的祕密。

在崇拜胡賽勒的超現實主義作家作品中，方法與衍生詞都占有同樣重要的地位。布勒東很早就指出：「人類會得到語言，是為了讓他以超現實主義的風格運用。」而超現實主義者也確實自由使用其母語所提供的語言資源——布勒東在提到杜象（Marcel Duchamp）[3]的語言遊戲時，就稱杜象的語言遊戲為「文字性愛」。[4]法文的一項語言資源是，它通常會把修飾語放在名詞後面，而作家在自動書寫（automatic writing）時特別常運用到這項資源。這是指詩人在極為快速、缺乏意識控制的情況下寫作，往往眨眼間就偏離原本預期的路途，走向全然不同的方向。舉例來說，a brosse à dents（牙刷）可能在快速的自動寫作時變成a brosse à danse（跳舞刷子）或brosse à danger（危險刷子）。問題是，英文通常會把修飾語放在名詞前面（雖然有例外），因此本該產生驚奇的轉變太早破哏，無法帶來驚喜。

要解決這問題，其中一個辦法（正如胡賽勒的例子）是忘記原文如何創作，把自動文字視為等同任何其他作品，不去考慮起源與內部邏輯，畢竟它和任何作品一樣，是設法創造出一連串的意義與感受，並傳達給讀者。這些作品的電荷是來自文字之間、語言片段之間的互動，彷彿正負粒子之間的反應（在原文中是如此，但願在譯文中也是）——說來多少有點弔詭：譯者若盡量不去「複製」自動書寫的經驗，反而越能在譯入語中保有力量。這麼做總是有用嗎？當然未必，但從這些作品蘊含的複雜基礎來看，成功率倒是出奇得高。

正如自動文章的構成，機緣偶爾也會助譯者一臂之力。布勒東的詩歌〈向日葵〉（Tournesol）是他最常被收錄的作品之一，以下摘錄一段：

Une ferme prospérait en plein Paris
Et ses fenêtres donnaient sur la voie lactée
Mais personne ne l'habitait encore à cause des *survenants*
Des survenants qu'on sait plus dévoués que les *revenants*

這幾行詩善用視覺與聽覺的文字遊戲，以這裡的例子來說，是把survenant（不速之客）轉變成revenant（幽靈）；我們幾乎可以重建布勒東在寫這首詩時的心理過程，他寫下這些文字時，其中一個單字會讓他很自然地聯想到另一個音近的單字。這段落在英文中該怎麼處理？在這例子裡，答案好像從天上掉下來一樣簡單——事實上，我與幾個譯者剛好有志一同，都這樣翻譯：

A farm prospered in the heart of Paris
Its windows gave onto the Milky Way
But no one lived there because of the *guests*

Guests as we know more faithful than *ghosts*

（在巴黎市中心一處茂盛的農場／窗戶能望向銀河／但是沒有人住在那邊，因為客人／我們知道客人比鬼還忠誠）

當然，並非所有的問題都這麼容易解決。比方說，布勒東的詩〈所有女學童在一起〉（Toutes les écolières ensemble）最後是這樣寫的：

Après une dictée où *Le coeur m'en dit*
S'écrivait peut-être *Le cœur mendie*

字面翻譯是「聽寫的題目是我心中的慾望／寫下的答案是我心中的懇求」，但這無法凸顯出m'endit（慾望）和mendie（懇求）相同的發音，而這和dictée（聽寫）又非常相關。不過，我們或許可以不要緊貼著原文，翻譯出更令人回味（即使仍不完美）的句子：

After a dictation where *My heart's urges*

Might have been written *My heart surges*

（聽寫的題目是我心的衝動／寫下的答案可能是我內心洶湧）

「投入超現實主義的心靈，會再次體驗童年最美好時刻的強烈興奮，」布勒東寫道。[5] 許多超現實主義的文字遊戲，確實能追溯到每個學童都曾玩過的語言遊戲（不禁讓人好奇，蘇斯博士〔Dr. Seuss〕[6]、愛德華・高栗〔Edward Gorey〕[7]或莫里斯・桑達克〔Maurice Sendak〕[8]對美國文學造成多少危害）。比方說，下列的文字難題和胡賽勒作品不相上下，是摘自艾呂雅曾寫的四行詩：「Les poules du *couvent couvent*（"The chickens in the *convent hatch*"，「在修女院孵出的雞」）、「Ces dames se *parent* de fleurs pour leur *parent*」（"The ladies *bedeck* themselves in flowers for their *relative*"，「這些女士為了親戚，用花打扮自己」），這兩組斜體字雖然看起來一樣，但是發音和意義都不相同；或是反過來說，看看同音異義傑作的例子：le *ver* allait *vers* le *verre vert*（“the *worm* went *toward* the *green glass*”，「蟲子爬向綠色杯子」）。我還不知道還能用哪些方法來翻譯這些文字遊戲。但這並不表示沒人做得到，或許哪個有毅力又有天馬行空想像力的人就能應付這難題。

比傳達意義更難的，且在某方面比文化換位更不容易的，就是聲音的翻譯，可說是譯者最大的挑戰之一。譯者都知道，有時原文中一段令人心碎、激動，或是捧腹大笑的文字，經過翻譯就沒意思了。即使把意思翻出來，但是到了譯入語，這些字在我們耳中聽起來的效果就是不一樣。

雪上加霜的是，有時作者運用聲音，並非為了賦予作品特殊的樂音，而是要扭曲語言正常的樣貌。小說家雷蒙．格諾（Raymond Queneau）[9]在《風格練習》（*Exercises in Style*）與《地下鐵的莎琪》（*Zazie in the Metro*）裡，將各個社會階級場域使用的法文融入情節中。格諾的前輩，十九世紀法國特立獨行的素人作家布里賽（Jean-Pierre Brisset, 1837-1919），甚至建立起一整套的準韻進化論。在一九〇〇年的論著《神之科學，或人的創生》（*The Science of God, or The Creation of Man*）中，布里賽靠著一連串的同音雙關語，揭示幾條「必然發生」的普世真理，例如les dents, la bouche（牙齒、嘴巴）的諸多排列組合：les dents la bouchent（"the teeth stop it up"，「牙齒阻擋了它」）；laides en la bouche（"ugly in the mouth"，「嘴裡的醜陋」）；lait dans la bouche（"milk in the mouth"，「嘴裡的牛奶」）……；或者他以帶著哲學意味又露骨的方式談性：Tu sais que c'est bien. Tu sexe est bien / Je ne sais que c'est. Jeune sexe est（"You know it's good. You sex is good / I don't know what it is. Young sex is"，「你知道那很好。你性很好。／我不知道那是什麼。年輕的性是」）諸如此類。「可用文字書寫、可被閱讀的一切，都充滿了必然發生的真理；這點全世界皆然，」布里賽以高度以法國為中心的個人看法抨擊巴別塔，「用一種語言說，就能對全世界說……這就是開啟言語之書的鑰匙。」[10]

神要毀滅一個人之前，會先讓他變成笑柄。布里賽曾自費出版幾本書，意在證明人是青蛙的後代，以及法文和青蛙的語言相關（這說法還挺貼切的）；後來小說家朱爾・羅曼（Jules Romains）[11]策劃了一場假選拔，提名布里賽為「思想家之王公」。他找布里賽來巴黎，以盛宴和隆重的儀式款待。有人對他的作品這般肯定，實在讓布里賽受寵若驚。但隔天他從報紙上得知，原來整件事情是一場騙局。幾年後，布里賽去世。還要等上好一段時間，他的作品才會引起格諾、杜象、超現實主義派與傅柯的熱切關注。

另一人也有類似的抱負，只是沒有那麼遠大的雄心壯志：墨西哥裔美國人路易・凡・魯騰（Luis van Rooten）在一九六七年出版《時之文字：大蒜、火車》（*Mots d'heures: Gousses, rame*），書名副標題偽稱是「安壇手抄本」（d'Antin Manuscript）[12]，但實際上只是一場同音字鬧劇。凡・魯騰精通多種方言，是個經常扮演奇特角色的小演員（character actor），他將這本書包裝為出處不明的「有趣韻文」，還煞有其事地加了一大堆學術注解。比方說，第一首詩是這樣開頭的：

Un petit d'un petit
S'étonne aux Halles
Un petit d'un petit
Ah! Degrés te fallent

直譯是：

一個矮個男人的兒子
在巴黎大堂（市場）受到驚嚇
一個矮個男人的兒子
你需要梯子

莫內的盧昂大教堂系列任一畫作的「意義」都不在宏偉建築物本身，而在於用顏料展現教堂在一天不同時段的樣貌。同樣的，這些小詩的意義，無法光憑著眼睛看就能明白，而是要朗誦出來，這樣就會發現，原來這首詩只不過是用濃濃的法國腔唸英文童謠「蛋頭先生」（Humpty Dumpty）[13]罷了（和胡賽勒作品中的轉化手法，或是祖科夫斯基以同音字翻譯的卡圖魯斯不無類似），而這整本書就像書名所暗示的，其實就是以相同的方式唸英文的「鵝媽媽童謠」（Mother Goose Rhymes）。

《時之文字》代表的正是把原本完全可以讀懂（或許天馬行空）的韻文，翻譯成荒誕之作。那麼，荒誕之作本身如何翻譯呢？路易斯・卡洛爾（Lewis Carroll）堪稱英語文學界最了不起的荒誕作家。他的作品雖然為其他語言設下障礙，卻仍擁有世上幾乎所有語言的譯本。卡洛爾的作品多次進入法語世界，像是超現實主義詩人與劇作家安托南・阿鐸（Antonin Artaud）[14]也曾翻譯節錄本（毫無意外，卡洛爾是超現實主義派最喜愛的作家；路易・阿拉貢〔Louis Aragon〕[15]在一九二九年就曾翻譯他的《捕獵蛇鯊》〔*The Hunting of the Snark*〕）。阿鐸本來寫詩時就會扭曲法文的聲音與意義，就某方面而言可說是翻譯卡洛爾作品的不二人選，雖然他自稱不喜歡這位英國人的作品。阿鐸在一九四〇年代於羅德茲（Rodez）療養院療養期間，在精神科醫師的建議下以翻譯當作治療，你可以從阿鐸翻譯卡洛爾的〈炸脖龍〉（Jabberwocky）的第一節詩中，看出他願意多麼深入地探索語言的兔子洞。搭配卡洛爾廣為人知的原文，能夠看得更清楚：

'Twas brillig, and the slithy toves
Did gyre and gimble in the wabe:
All mimsy were the borogoves,
And the mome raths outgrabe.

（傍晚時分，滑溜溜活跳跳的白獾在山坡上挖洞鑽孔；鸚鵡悶悶不樂；嚴肅的陸龜持續尖叫。）[16]

法國譯者亨利．派里索（Henri Parisot, 1908-1979）提出較「標準」的法語譯法：

Il étaitreveneure; les slictueux toves
Sur l'allouinde gyraient et vriblaient;
Tout flivoreux vaguaient les borogoves;
Les verchons fourgus bourniflaient.

即使不會閱讀法文，還是看得出派里索的版本仍停留在卡洛爾的語序排列，幾乎是抄錄，而不是翻譯。另一方面，阿鐸不可思議的譯文充斥著不像人類所發出的母音和子音，在頁面上嚎叫，中間還插入怒吼、異世界的亂語，讓卡洛爾已散發出邪惡氣息的史詩更加駭人：

Il était Roparant, et les vliqueux tarands
Allaient en gilroyant et en brimbulkdriquant
Jusque-là où la rourghe est a rouarghe a rangmbde et rangmbde a rouarghambde:

Tous les falomitards étaient les chats-huants
Et les Ghoré Uk'hatis dans le GRABÜG-EÛMENT.

阿鐸的〈炸脖龍〉介於翻譯與獨立作品之間的自由區，不完全是原創，但也和一名學者所指出的一樣，無法回譯成任何像卡洛爾英文原著的作品。[17]它預示了出版界即將出現最奇怪的原創作品與翻譯混合體之一——美國作家路易斯・沃夫森（Louis Wolfson, 1931-）所寫的回憶錄《思覺失調和語言》（*Le schizo et les langues*, 1970）。沃夫森是紐約人，卻以法語寫作（為了更添距離感，還以第三人稱寫作），因為他無法忍受母語的聲音——正確來說是他憎惡的母親所使用的語言。他說，他母親是個聒噪、詭異、粗魯之人，對他有無可救藥的敵意。她的存在就有如以指甲刮擦黑板般，令他如坐針氈。這位自稱「精神錯亂的語言學生」每次聽見母親說話，為了不被逼瘋（很難避免，畢竟他和母親同住到成年），便架構出一套系統，讓令人不快的英文句子在他腦中瞬間替換成一到四種外文拼湊成的對應句，而這也是他學語言的目的（這四種語言分別是法語、希伯來語、德語和俄語，或許恰好足以代表沃夫森的東歐猶太血統，也和紐倫堡大審時所使用的語言幾乎相同）。但為了讓這套作法發揮功用，翻譯句子時不僅要譯出**意思**，連**聲音**都要和所取代的英文字一樣。沃夫森這樣寫自己：

> 他多多少少會立刻把另一個英文字轉換成外文字，用的方法固然怪異、造作且不自然，但對他可憐的扭曲心靈來說，顯然沒有接受障礙，甚至是必要之舉；若只是簡單直接地把英文字翻譯成精準外語，效果會差強人意，只能給予他的心靈一個語音和折騰他的英文字不同的字，卻並未使他感覺到母語中的那個字已被抹去。[18]

因此，沃夫森「怪異、造作且不自然」的方法，讓他能夠活在英文包圍的環境之中，又不會造成心理不適，他說服自己其實是聽見四種非英語的語言雜燴——但是是一種**可溝通的**雜燴。

沃夫森以〈晚安，女士〉（Good Night, Ladies）這首歌為例。他母親常在客廳以風琴演奏這首歌曲，並且以最高分貝演唱，這時沃夫森會趕緊找方法阻止樂音粉碎他那自我隔離的世界。「ladies」一字尤其會不由自主地進入這位年輕男子異常的思想中。」他先試著以德文的Leute（人民）取代，接著又想到俄文的lyudi，這個字的語音相似度較高，雖然它同樣指的是「人」而不是「女人」。「這位思覺失調的語言學生考量的是兩個字的意義相似度，而最重要的是……兩者都意指人類，」沃夫森寫道，只是他沒指出的事實是，ladies的字義和字音一樣令他反感（在這例子中尤其如此）。另一段則是詳細說明他費盡千辛萬苦，經過好幾頁篇幅的試誤，把Don't trip over the wire!（別被線絆倒），變成三種語言的綜合體：tu'nicht（德文的don't〔不要〕）tréb（法文「絆倒」〔trip〕的動詞開頭）über（德文的over〔上頭〕）èth hé（來自聖經希伯來文）zwir[n]（德文的thread〔線〕）。

最後，這位年輕人覺得，這些英文字有多讓他焦慮，在征服它們之後就有多滿足，而得來不易的每個勝利，都會讓他覺得自己「至少有那麼片刻，不像平常那麼悲慘。」以where這個字為例，也就是他母親經常問的Where are my glasses?

（我的眼鏡在哪裡？）的開頭。他先做了幾次錯誤嘗試之後，終於找到答案：用德文的woher（where from，從哪裡）來替代。沃夫森喜不自勝：

他多沾沾自喜！他找到多好的點子！他天真地想著，同時納悶會不會有其他人也想到把英文的where轉換成德文的woher，好讓這個單音節的英文字能夠「科學地」、有方法地、立即地、完全地被消滅；這麼一來，每次碰到where這個字，都能打從心裡習慣改用那個德文字……即使是在他瘋狂、更不用說是低能的狀態，能研究語言是多令人滿足！

《思覺失調和語言》是動人、令人暈眩，時而散發黑色幽默的回憶錄，讓讀者深陷於沃夫森的語言狂熱，以及他悲喜交加的家庭衝突。＊這部作品也是對翻譯本身的精彩深思——對任何譯者而言更是巨大的挑戰。可惜的是，永遠不會有人回應這項挑戰，因為沃夫森和法國出版社簽訂的合約上，就規定這本書永遠不能出英譯本（義大利文與德文版的出版提案，顯然也遭到拒絕）。

沃夫森拒絕翻譯的原因並非他的語言本身無法翻譯，也不是其他語言無法傳達他對語言間的語音和語義的細膩探索。這兩點就如同他冰冷精準與缺乏情感的敘事語調，無需做太大調整就能表現出來。把他這本大談厭惡**英文**的書用英文翻譯出來，就算再怎樣諷刺也無所謂，我們大可以加以忽略。我推測，作者反對翻譯的理由和語言層面較無關，反而和他的人生有關。對沃夫森來說，英文的語音不僅令人厭惡，更是一種致命威脅、一種汙染，就像他想像中寄生在他嘴唇周圍的大批寄生蟲，迫使他反覆斷食與暴食。英文是時時存在的攻擊，是一種侵犯。正如法國作家勒·克萊喬（J. M. G. Le Clézio）於一篇文章中所說，在這無所不包的系統中，母語就如同「危險的傳染區」，而每一個變換、重構的字，都是「對抗疾病的抗體」。[19]沃夫森的方法表面上和喬伊斯與胡賽勒所採取的方法相當類

---

* 這令人想起羅伯·波西格（Robert Pirsig）在《禪與摩托車維修的藝術》（*Zen and the Art of Motorcycle Maintenance*）中探索哲學與瘋狂。正如波西格最後接受了自己的妄想，沃夫森最後與家庭和英文和解，雖然是滿足了自己的渴望，但也帶著懊悔，一種悵然若失的感覺。

似，卻切得更深入，在語言學的轉化概念裡融入更深沉的迫切感。這種顛覆傳統的忠實、風格與作者身分的哲學，並非是一種文化提升或博大精深的美學，而是極端的手段，是電療，是求生。

這也是一種暴力。在沃夫森的《思覺失調》、阿鐸的〈炸脖龍〉這類的作品中，翻譯、自行翻譯與作者身分界線並不明確的困境，不僅凸顯語言近乎無窮無盡的可塑性，也讓責任的幽魂因而浮現。如果任何翻譯理論上都是可能的，那麼究竟偏離原文多遠，才會再也無法轉圜？如果真的離了那麼遠，我們能否透過實際上是新的創作來榮耀原文，或只是自作聰明，模糊了原文（我認為第六章談到克萊夫·史考特翻譯阿波利奈爾的〈安妮〉時採用的「分散式」翻譯就是一例）？回到關於異化的辯論，任何翻譯之舉是否多少都具備此種風險，因而迫使我們在文字的多重選擇中找出一條路時，得不斷評估個人與文化侵犯的風險（無論迴避或默許），就像穿越人人皆知的地雷區？諸如佩雷克的《消失》或超現實主義的自動書寫詩歌，都赤裸裸地讓我們看到這種作法較為嚴峻的困境。不過，譯者在翻譯任何作品時，多多少少都是在懸崖邊上跳舞。

1 原注：Bellos, 145.

2 波特萊爾深受愛倫．坡啟發，曾把他的一部分作品譯成法文。

3 一八八七～一九六八，二十世紀實驗藝術大師與作家，是改變現代藝術發展最重要的巨擘。

4 原注：André Breton, "Manifesto of Surrealism," in *Manifestoes*, 32; Breton, "Words without Wrinkles," in *The Lost Steps*, trans. Mark Polizzotti (Lincoln: University of Nebraska Press, 1996), 102.

5 原注：Breton, "Manifesto of Surrealism," 39.

6 一九〇四～一九九一，美國作家與插畫家，一共出版了六十幾本童書，銷售超過六億五千萬本，還翻譯成四十種語言。創造的人物、故事和藝術風格影響好幾世代的大小讀者。

7 一九二五～二〇〇〇，美國作家、詩人、藝術家、插畫家。

8 一九二八～二〇一二，知名兒童文學家，著有《野獸國》等書。

9 一九〇三～一九七六，法國小說家、詩人、劇作家，烏力波潛在文學工坊創始人之一。不同科學及人文領域的知識涉獵極廣，其作品在重塑書寫規則和語言實驗之間別具一格，亦莊亦諧，呈現獨特且多重的樣貌。

10 原注：Jean-Pierre Brisset, "The Great Law, or The Key to Speech," in André Breton, *Anthology of Black Humor*, trans. Mark Polizzotti (San Francisco: City Lights Books, 1987), 186. See also 181–188.

11 一八八五～一九七二，法國作家、詩人、一體主義（Unanimism）流派創始人。代表作為長篇小說《善意的人們》（*Les Hommes de bonne volonté*）與諷刺喜劇《克諾克醫生或醫學的勝利》（*Knock ou le Triomphe de la médecine*）。

12 此書完整書名是*Mots D'Heures: Gousses, Rames: The D'Antin Manuscript*。主書名很像中世紀使用的祈禱書「時禱書」（livre d'heures），而副名書中的Antin其實就是取自作者的名字Luis d'Antin van Rooten。凡．魯騰在此應是刻意玩弄一字多義，一方面說明這本書是他偽造的手稿，一方面也是要表現仿古、仿經文的感受。

13 〈蛋頭先生〉原文如下：Humpty Dumpty sat on a wall / Humpty Dumpty had a great fall。

14 一八九六～一九四八，法國詩人、演員和戲劇理論家。在其理論著作《戲劇及其重影》（*The*

Theatre and Its Double）提出了「殘酷戲劇」（Theatre of Cruelty）的概念，試圖改變文學、戲劇和電影的基本元素。

15 一八九七～一九八二，法國詩人、小說家、編輯。法國超現實主義運動發起人之一，與布勒東、蘇波（Philippe Soupault）共同創辦《文學》（*Littérature*）雜誌。

16 譯文引自大寫出版《愛麗絲夢遊仙境與鏡中奇緣》，譯者陳榮彬。此為譯者根據路易斯・卡洛爾的注釋翻譯，意思是：山丘頂端可能有日晷，鸚鵡害怕牠們的巢穴會被毀壞。山丘上可能有許多陸龜的巢穴，牠們一聽見白獾在外面鑽洞，紛紛爬出來，驚恐地尖叫。

17 原注：參見 Claire Davison-Pégon, "L'intraduisible comme revanche du nonsens? Le cas d'Artaud, traducteur," *Les chantiers de la création* 1 (2008), accessed April 9, 2017, http://lcc.revues.org/125.

18 原注：此與以下兩段：Louis Wolfson, *Le schizo et les langues* (Paris: Gallimard, 1970), 61–63, 213, 70. 由我自行翻譯。

19 原注：J. M. G. Le Clézio, "La tour de Babil," in *Dossier Wolfson, ouL'affaire du "Schizo et les langues"* (Paris: Gallimard, 2009), 46, 48. 亦參見21.

第九章

亞當的杏桃——翻譯重要嗎？

十七世紀中期，盲眼詩人與政治運動者米爾頓也展開了文學史上影響最深遠的誤譯。他以聖經傳統為本，著手撰寫史詩《失樂園》（*Paradise Lost*），提到「那禁忌之樹的果實／致命的滋味／把死亡帶到世上。」在這段文字中，米爾頓是按照數世紀以來學者的作法，把希伯來文的peri籠統譯成「果實」，有時又讓它化身為無花果、柑橘、杏桃或石榴（在西斯汀教堂天花板上，米開朗基羅所畫的人形蛇就盤繞在無花果樹上）。但寫了七千行文字之後，米爾頓回到犯罪現場，揭露禁忌之果的身分，從此之後它便成了我們所熟悉的果實：「為了滿足我品嘗那美好蘋果的強烈慾望，我決定／不要推遲……」蘋果真的只是憑空想像來的嗎？或許吧，但不是米爾頓的想像。和同年代大部分有學識的基督教徒一樣，米爾頓主要是依循耶柔米《武加大譯本》裡的譯法。耶柔米在研究希伯來原文的禁忌樹之後，才寫下拉丁雙關語——基本上是把「知善惡樹」（malum），變成了蘋果樹（mālus）。

情況差不多就是這樣，因為在耶柔米的時代，連「mālus」也不光是指「蘋果」，而是任何其他果肉多的水果，例如梨子或桃子。中世紀日耳曼藝術家杜勒（Albrecht Dürer, 1471-1528）一五〇四年的版畫〈亞當與夏娃〉（*Adam and Eve*）顯示這對男女站在一棵絕對是蘋果樹的樹旁，而在一五〇七年的繪畫版本中更可以確定。大約在一五三〇年，日耳曼文藝復興時期畫家老盧卡斯·克拉納赫（Lucas Cranach the Elder, 1742-1553）也畫了相同的場景。即使過了一個世紀，到了米爾頓的年代，蘋果一詞仍可能有相當廣泛的意義——夏娃所吃的醉人禁忌果實，所指的比較偏向是葡萄——但就在某個時間點，「美好蘋果」變成是指我們今天所熟悉的鮮豔紅蘋果（*Malus pumila*）。[1] 換言之，從希伯來文、拉丁文到英文（當然還有日耳曼視覺藝術），有個重要的文化與宗教神話比喻，或多或少可說是建立在誤譯，或至少是誤讀之上。

我們或許認為，無論夏娃是咬下禁忌的蘋果或石榴，所要傳達的訊息實質都是犯下罪過；就算我們把喉結從「亞當的蘋果」改成「亞當的杏桃」，人類的歷程可能也不會改變。同樣的，誰又能說原罪果實在過去兩千年（或者從米爾頓以降的幾個世紀）來所造成的影響，確實是因為它是蘋果？象徵是很有力的事物，而前述象徵在這世上格外聲名狼藉，使得蘋果不只是蘋果，即使我們不確定它是否也會是柑橘或無花果。

其他的誤譯則造成了比較嚴重的後果。耶柔米在描述摩西下西奈山時的頭部特徵時（〈出埃及記〉第三十四章第二十九節），不慎把希伯來文的「karan」（光芒）看成「keren」（長角的）——每個編輯看到這個有點好笑的錯誤，應該都會起疑。不過，這讓米開朗基羅在聖伯多祿鎖鏈堂（San Pietro in Vincoli）的摩西雕像前額上長了角，而讓人比較笑不出來的是，長久以來反猶太者對猶太人的刻板印象就是頭上冒出惡魔的角。另一個可避免、也應避免的宗教誤解是「魔鬼詩篇」一詞。它指的是古蘭經中遭禁的詩歌（據說是先知穆罕默德所禁絕，認為那是撒旦暗示的文字），但其實穆斯林世界並未使用這個詞。這其實是十九世紀英國東方學家的發明，這些被禁的詩歌在阿拉伯世界其實稱為「gharaniq」，意思是「鶴」。魯西迪的小說《魔鬼詩篇》以阿拉伯文出版時，譯者直譯書名，但這作法在這脈絡中並不正確，無意間讓「魔鬼詩篇」不再是指遭刪除的「鶴」詩歌，而是指古蘭經本身就是由撒旦所寫。這種褻瀆之舉並非作者原意，卻導致國際間的騷動。伊斯蘭對魯西迪下達追殺令，他被迫隱居、離婚，連日文版譯者五十嵐一都遭到殺害，義大利文譯者埃托・卡普里歐洛（Ettore Capriolo）也因而遇刺。[2]

翻譯重要嗎？歷史上曾有許多歪曲的陳述，例如赫魯雪夫（Nikita Khrushchev）的「我們會埋葬你們」（We will bury you）是過度翻譯，因而激化冷戰時的恐慌（俄語句子其實是倉促中說的大話「我們會比你們長命」〔We will outlast you〕），顯示光是一個字就能造成天壤之別。譯者傳達或未傳達某些資訊，會影響帝國的興亡，或是否採取或忽略關鍵作為。以二〇〇一年的九一一事件為例，如果九月十日攔截到的阿拉伯語訊息能更早、而非十二日才解讀出來，或許就能避免該事件對人命與國家態度造成的悲劇性後果。[3]有時甚至只是幽微的差別：一九四五年七月，盟軍對日本下達無條件投降的最後通牒，日本內閣總理大臣鈴木貫太郎回答記者緊迫的提問時說：「不予置評，我們需要更多時間。」但鈴木用的詞是「默殺」（もくさつ，意為「擱置、沉默」），也可以解讀成「好啦好啦，隨便」，而杜魯門（Harry Truman）聽到的就是這個意思。十天後，原子彈「小男孩」把廣島市打得灰飛煙滅。

這些都只是比較知名的例子，歷史上類似的例子不勝枚舉，再再證明語言間的溝通會帶來何種衝擊，以及溝通又多常破裂。如今全球各國越發頻繁接觸、武器越來越具毀滅性、商業交易更加錯綜複雜，因此擁有可靠的跨文化理解形式成了當務之急——不光是在國家事務層面，日常醫療、商業、研究、通訊、娛樂等領域也都包括在內。

但在思考這個問題時，還可以從另一個角度出發。這角度和地緣政治較無關，而是和文化的豐富度有關。先前我曾在這本書中針對某個常見觀點進行一番論辯：從倫理的角度看來，出版與消費文學翻譯是應該的。許多譯者都秉持這樣的觀點，連國際筆會（PEN International）和《無國界文字》月刊（*Words without Borders*）[4]等組織也是如此；格羅斯曼就這樣說：

> 翻譯不只扮演重要的傳統角色，讓我們能接觸到原本無數以我們無法閱讀的語言所寫成的文學，同時也發揮了重要能力，具體重現文學的存在，能為我們和過去未能連結的人，打造出和諧或更有意義的關係。翻譯總是協助我們去認識，從不同的角度觀看，為過去不熟悉的事物賦予新價值。[5]

換言之，翻譯是打開途徑，保持暢通，讓我們可以接觸到世界上一己視野之外的態度、觀點與表達方式，進而能夠接納自身語言或文化經驗之外的可能性。艾略特．溫伯格提醒道：「缺乏翻譯的文化會停滯，最後將不斷對自己重複同樣的事。」或如史坦納鼓舞人心卻也令人不寒而慄的格言所稱，若是少了譯者，「我們會住在傲慢的教區，周圍以沉默畫出界線。」[6]翻譯是理解，文化在本質上是由其他文化融合而成，並盡力凸顯出這項事實。它讓我們意識到，儘管所有文化表面上看似沒有差異，其下的底蘊卻是難以控制地不規則。

有個常聽到的陳腔濫調說，若世上只有一種語言，或是有神人能閱讀與了解所有語言，翻譯的需求便會煙消雲散。的確，如果我們只把語言當作傳遞事實的媒介，那麼在一個所有人都能立即理解其他人所說的話的世界上，翻譯就會顯得多餘。然而，翻譯不僅是資料傳輸而已，因此討論「對等」是缺乏意義的。相對地，翻譯身為中介者和再創作者，能提供新方法解讀文本，並透過該文本呈現出一個世界，一個以全然不同（儘管應是相輔相成）的視角來觀看的世界。且正如我在本書中一再重申的，翻譯讓新的文學作品得以面世，此作品仰賴原本催生它的作品才能存在，卻又與之獨立。

正因如此，我對諸如格羅斯曼等人的主張所蘊涵的道德潛台詞不免感到不自在，即使我精神上同意他們的見解。一方面，我認同從不同的角度看待事情，與打破傲慢的教區所能帶來的道德益處。但是在此同時，這觀念卻也帶有狂熱信徒的色彩，終究會幫翻譯倒忙——即便許多出版社，尤其是認真的獨立出版社，常會偏向出版相當同質、同樣認真的出版品，也無濟於事。儘管翻譯真正的樂趣就是帶來新的視野，但正如許多立意良善的努力一樣，強調**應該**與**必須**，會讓探索所帶來的興奮感不復存在。能吸引我們感知的是樂趣，而不是責任。我寧願把翻譯當成上好的利口酒，而不是藥物，只可惜它的瓶身太常貼上處方箋。

話雖如此，以這個較令人愉快的角度來看，翻譯所仰賴的是本身可能正在消失的世界局勢。我在思考翻譯時，認為翻譯與其說是橋梁，更應該當成界線；也思考界線的消失，還有界線的效用。這日益緊密互連的世界，讓人以為國家與文化的界線終會消失，這不僅是誘人的想法，也是合理的推測。許多人都提出這樣的看法，我也大致上支持，尤其在我寫書期間，邊界問題成為許多政府做壞事的藉口，當中也包括我的國家。政治人物斥責未控管移民會帶來危險，以及被惡棍滲透的問題；但這些威脅早在特洛伊時代之前就以各種方式存在，鞏固邊境也從來沒能大幅改變這個事實，或嘉惠劃下邊境的政權。

讓我比較擔心與疑惑的，是同質性的滲透，因為邊界可視為差異的守護者。

毫無限制的流通以及可能永無止境的接觸（雖然矛盾，但也包括靠著翻譯而實現的接觸），換個角度來看亦可能侵蝕多元性。我憂心，不再需要翻譯的世界正在浮現，原因並非我們都說相同的語言，而是因為世界上的語言不再能表達心理與文化上的差異，這些差異正是語言獨特與有趣的地方。先前我曾把翻譯比喻為連接文化的橋梁，以及衡量文化之間距離的手段。但如果這樣的差異變得微不足道呢？要是世界各地都可看到一樣的麥當勞、星巴克、Gap、蘋果直營店——還有在不知不覺中所引發的最嚴重問題——若是你在巴黎、布拉格或美國的帕西帕尼（Parsippany），都看到相同的基本景色，又會發生什麼事呢？這麼一來，無論是透過實際造訪，或從外國小說的書頁讀到，旅行又有什麼意義？

從這方面來看，容易琅琅上口的大膽口號「藝術無國界」雖能鼓勵人心，卻也是種威脅。觀念的傳播、不設智識與審美門檻的藝術、文學、哲學，以及在世界各地百花齊放的觀點，在傳播速度益發快速的通訊媒體的推波助瀾下，或可促成人類史上最大的文化復興運動，一場新的文藝復興。但這也可能導致史上最大的全球文化單一化。我會主張，這在很大的程度上得視這些觀念如何被翻譯，以及是否能保有翻譯的自由。在這方面，很重要的是翻譯不能落入商業利益的考量（比方說，模糊了這**是**翻譯的事實，或只選擇會強化國內對話的外國文本）、不能被政治圈限（無論是哪一派）、不能被道德指令束縛（「讀這個，這對你有好處」），或是被學術風潮左右。我們必須主張翻譯和任何形式的藝術表現一樣，也具備相同的權利、責任、特權與樂趣——最重要的是，能有權在發言時保有權威與創新。＊

而在努力之餘，也請務必給誤譯留點創意的空間。錯誤的詮釋雖然會在條約談判時導致嚴重後果或引發宗教動亂，但也能創造出夏娃的蘋果。我們知道，歷史上許多作家曾影響其他語言的後輩作家（例如福克納掀起了拉美文學熱，之後拉美文學又回過頭來影響後續世代的美國作家；或龐德的《華夏集》也曾啟發許多中國現代詩人）。這些來來回回的影響，通常是透過翻譯發生。不過更有趣的問題是，有多少重要的作品，可以追溯回讀者或譯者無意間錯誤詮釋的豐碩成果？這問題或許不容易回答，但或許可從瑟威爾的《欣喜國度》（*The Delighted States*）看出端倪。他認為，誤譯在文學上有時反而比精準的翻譯更能予人啟發。他特別指出俄國的普希金與巴西的阿西斯（Machado de Assis）[7]，兩人的靈感都是來自英國作家勞倫斯·斯特恩（Laurence Sterne, 1713-1768）所寫的《項狄傳》（*Tristram Shandy*）與《感傷之旅》（*A Sentimental Journey*）差勁的法文譯本。「我雖然困惑他們讀到的斯特恩譯本完全只是表面上說得通的版本；但那還是有用……在里約熱內盧或聖彼得堡，透過閱讀這粗略的翻譯，仍有可能看出斯特恩想表達些什麼，並學習他的技巧。」瑟威爾在結論中提出的警句也同樣適用於翻譯：「每一種文學理論，都必須考量到歪打正著的可能。」[8]

說到底，翻譯雖然應該扮演橋梁的角色，把橋梁的兩端連結起來，但翻譯的

＊如果認為這裡說的和我第六章談到克萊夫·史考特翻譯阿波利奈爾時的說法牴觸，請容我在這裡澄清：我會捍衛他想天馬行空的權利，就像我也會維護我認為他作法愚蠢的權利。話雖如此，要是某天他啟發了某人創造出新的精彩作品，那他的作法就會比較有力量了。

重要性，或許也在於維護兩端之間的距離。我當然不是指文化彼此之間應該離得遠遠的，而是說應該確保文化在接觸時能擦出火花，而非令人感到窒息。同時，重點也不在於像異化論的支持者那樣，需藉由模仿另一種語言的語法，翻譯出聽來可笑的譯本，而是在於要帶來異國觀點；且不能因為譯文讀者的利益就抹去那些觀點，而是要以能對讀者說話的譯入語習慣用法，保留原文作者的思想與表述方式，即使要傳達的觀念和過去傳達過的大相逕庭。正如先前提過，翻譯所能提供最寶貴的服務，是辨識與帶領我們接觸那些真正獨特的珍貴心靈與聲音，它訴說的是和其他人要說的都不一樣的事，並且能從各方面帶來差異，也確實能夠改變我們的心靈。

在我們的語言、文化與態度邊界之外，有個想法或觀念誕生了，它出現在與我們所處背景不同的地方，也將被表達出來，並且擁有撼動這個世界的力量，或至少是我們的世界。我們最期盼的是在一切都變得無可挽回地相似，無法讓人想出這種表達方式之前，把它找出來——畢竟等所有文化再無差異可言，那麼翻譯及支撐翻譯的古老動力，都將不再重要。

1 原注：Nina Martyris, "'Paradise Lost': How the Apple Became the Forbidden Fruit," The Salt (blog), National Public Radio, April 30, 2017, accessed June 23, 2017, http://www.npr.org/sections/thesalt/2017/04/30/ 526069512/paradise-lost-how-the-apple-became-the-forbidden-fruit/.

2 原注：Kelly and Zetzsche, *Found in Translation*, 113; Weinberger, "Anonymous Sources," 28–29. 有時就連正確的翻譯也始終被後世當成誤譯，其中約翰．甘迺迪（John F. Kennedy）自稱是「果醬甜甜圈」就是很有名的例子——事實上，他造訪柏林時所說的「Ich bin ein Berliner」，意思是他是柏林人，而甘迺迪說這句話時也是這個意思。但有人說這句話的意思是「我是甜甜圈」（注：正確用法應為Ich bin Berliner，會有此解讀，是因為甘迺迪在句中多加了不必要的德語冠詞「ein」。但也有人指出，在比喻用法時是需要冠詞ein，且berliner在柏林並非甜甜圈的意思，因此甘迺迪的說法並沒有錯）。這說法就算沒有讓歷史變得比較有趣，至少也是個吸引人的故事。參見*Found in Translation*, 57–58.

3 原注：Kelly and Zetzsche, *Found in Translation*, 44.

4 透過翻譯引介各國作品的英文雜誌。

5 原注：Grossman, x.

6 原注：Weinberger, "Anonymous Sources," 18; George Steiner, introduction to *The Penguin Book of Modern Verse Translation* (New York: Penguin, 1966), 25.

7 一八三九～一九〇八，巴西詩人、小說家、專欄作家、編劇、短篇小說家、記者，被公認是巴西文學界最偉大的作家。他見證了共和國取代帝國時的政治變革，是其時代社會政治事件的偉大評論員和記錄者。

8 原注：Thirlwell, *Delighted States*, 373–374.

參考書目

Allen, Esther, and Susan Bernofsky, eds. *In Translation: Translators on Their Work and What It Means*. New York: Columbia University Press, 2013.

Apter, Emily. *The Translation Zone: A New Comparative Literature*. Princeton, NJ: Princeton University Press, 2006.

Arrowsmith, William, and Roger Shattuck, eds. *The Craft and Context of Translation*. Austin: University of Texas Press, 1961.

Artaud, Antonin. "NEANT OMO NOTAR NEMO" [based on "Jabberwocky"]. In *OEuvres complètes*, IX. Paris: Gallimard, 1971.

Bassnett, Susan. *Translation Studies*. Rev. ed. London: Routledge, 1991.

Bassnett, Susan. *Translation*. London: Routledge, 2014.

Bassnett, Susan, and Peter Bush, eds. *The Translator as Writer*. New York: Continuum, 2006.

Beckett, Samuel, trans. "Simulation of General Paralysis Essayed" by André Breton and Paul Éluard. In *This Quarter: Surrealist Number* (1932). Reprint: New York: Arno Press, 1969.

Bellos, David. *Is That a Fish in Your Ear? Translation and the Meaning of Everything*. New York: Faber and Faber, 2011.

Benjamin, Walter. *Illuminations*. Translated by Harry Zohn. New York: Schocken, 1969.

Bermann, Sandra, and Michael Wood, eds. *Nation, Language, and the Ethics of Translation*. Princeton, NJ: Princeton University Press, 2005.

Biguenet, John, and Rainer Schulte, eds. *The Craft of Translation*. Chicago: University of Chicago Press, 1989.

Brower, Reuben A., ed. *On Translation*. Cambridge, MA: Harvard University Press, 1959.

Carroll, Lewis. *Tout Alice*. Translated by Henri Parisot. Paris: Flammarion, 1979.

Echenoz, Jean. *Big Blondes*. Translated by Mark Polizzotti. New York: New Press, 1997. Revised version in *Three by Echenoz*. New York: New Press, 2014.

Eco, Umberto. *Experiences in Translation*. Translated by Alastair McEwen. Toronto: University of Toronto Press, 2001.

Findlay, Jean. *Chasing Lost Time: The Life of C. K. Scott Moncrieff, Soldier, Spy, and Translator*. New York: Farrar, Straus, and Giroux, 2015.

Flaubert, Gustave. *Bouvard and Pécuchet* [no translator given]. London: M. Walter Dunne, 1904.

Flaubert, Gustave. *Bouvard and Pécuchet*. Translated by T. W. Earp and G. W. Stonier. New York: New Directions, 1954.

Flaubert, Gustave. *Bouvard and Pécuchet*. Translated by A. J. Krailsheimer. New York:

Penguin, 1976.

Flaubert, Gustave. *Bouvard and Pécuchet. Translated* by Mark Polizzotti. Champaign, IL: Dalkey Archive Press, 2005.

Grossman, Edith. *Why Translation Matters*. New Haven, CT: Yale University Press, 2010.

Howard, Richard, trans. "Madness: An Attempt to Simulate General Paralysis" by André Breton and Paul Éluard. In Maurice Nadeau, *The History of Surrealism*. New York: Macmillan, 1965.

Kelly, Nataly, and Jost Zetzsche. *Found in Translation: How Language Shapes Our Lives and Transforms the World*. New York: Perigee, 2012.

Kundera, Milan. *Testaments Betrayed: An Essay in Nine Parts*. New York: HarperPerennial, 1996.

Lê, Linda. *The Three Fates*. Translated by Mark Polizzotti. New York: New Directions, 2010.

Levine, Suzanne Jill. *The Subversive Scribe: Translating Latin American Fiction*. Saint Paul, MN: Graywolf, 1991.

Lowell, Robert. *Imitations*. New York: Farrar, Straus, and Giroux, 1961.

Nabokov, Vladimir. *Verses and Versions: Three Centuries of Russian Poetry*. Edited by Brian Boyd and Stanislav Shvabrin. New York: Harcourt, 2008.

Nida, Eugene A. *Toward a Science of Translating*. Leiden, the Netherlands: E. J. Brill, 1964.

Nirenburg, Sergei, Jaime Carbonell, Masaru Tomita, and Kenneth Goodman. *Machine Translation: A Knowledge-Based Approach*. San Mateo, CA: Morgan Kaufmann, 1992.

Parks, Tim. *Translating Style*. 2nd ed. London: Routledge, 2014.

Perec, Georges. *A Void*. Translated by Gilbert Adair. Boston: David R. Godine, 2005.

Pound, Ezra. *Poems and Translations*. Edited by Richard Sieburth. New York: Library of America, 2003.

Pushkin, Alexander. *The Poems, Prose and Plays of Alexander Pushkin*. Edited by Avrahm Yarmolinsky. New York: Modern Library, 1936.

Pushkin, Aleksandr. *Eugene Onegin: A Novel in Verse*. Translated by Vladimir Nabokov. Princeton, NJ: Princeton University Press, 1975.

Rabassa, Gregory. *If This Be Treason: Translation and Its Dyscontents*. New York: New Directions, 2006.

Rexroth, Kenneth. *World Outside the Window: The Selected Essays of Kenneth Rexroth*. Edited by Bradford Morrow. New York: New Directions, 1987.

Ricoeur, Paul. *On Translation*. Translated by Eileen Brennan. London: Routledge, 2006.

Rimbaud, Arthur. *Complete Works, Selected Letters*. Translated by Wallace Fowlie. Chicago: University of Chicago Press, 1966.

Roche, Maurice. *Compact*. Translated by Mark Polizzotti. Elmwood Park, IL: Dalkey Archive Press, 1988.

Roussel, Raymond. *How I Wrote Certain of My Books*. Translated by Trevor Winkfield. New York: SUN, 1977.

Roussel, Raymond. Impressions of Africa. Translated by Mark Polizzotti. Champaign, IL: Dalkey Archive Press, 2011.

Savory, Theodore H. *The Art of Translation*. London: Jonathan Cape, 1957.

Schulte, Rainer, and John Biguenet, eds. *Theories of Translation: An Anthology of Essays from Dryden to Derrida*. Chicago: University of Chicago Press, 1992.

Steiner, George. *After Babel: Aspects of Language and Translation*. New York: Oxford University Press, 1975.

Thirlwell, Adam. *The Delighted States*. New York: Picador, 2010.

Turle, Bernard. *Diplomat, Actor, Translator, Spy*. Cahier 19. Paris: Center for Writers and Translators, American University of Paris, 2013.

van Rooten, Luis d'Antin, ed. *Mots d'heures: Gousses, rames*. New York: Penguin, 1980.

Venuti, Lawrence. *The Translator's Invisibility: A History of Translation*. London: Routledge, 1995.

Venuti, Lawrence. *The Scandals of Translation: Towards an Ethics of Difference*. London: Routledge, 1998.

Venuti, Lawrence, ed. *The Translation Studies Reader*. 2nd ed. London: Routledge, 2004.

Weinberger, Eliot, and Octavio Paz. *19 Ways of Looking at Wang Wei*. Kingston, RI: Asphodel, 1987.

Weissbort, Daniel, and Astradur Eysteinsson, eds. *Translation—Theory and Practice: A Historical Reader*. New York: Oxford University Press, 2006.

Wolfson, Louis. *Le schizo et les langues*. Paris: Gallimard, 1970.

國家圖書館出版品預行編目資料

譯者的難題：美國翻譯名家的9個工作思考 / 馬克．波里佐提(Mark Polizzotti)作；方淑惠、賈明譯. -- 初版. -- 臺北市：商周出版：家庭傳媒城邦分公司發行, 2020.02
面；　公分. -- (Viewpoint ; 101)
譯自：Sympathy for the traitor : a translation manifesto
ISBN 978-986-477-782-2(平裝)

1.翻譯

147.66　　108017849

ViewPoint 101

譯者的難題：美國翻譯名家的9個工作思考

作　　者／馬克．波里佐提（Mark Polizzotti）
譯　　者／方淑惠、賈明
企劃選書／羅珮芳
責任編輯／羅珮芳
版　　權／黃淑敏、林心紅、翁靜如
行銷業務／莊英傑、周佑潔、黃崇華、張媖茜
總 編 輯／黃靖卉
總 經 理／彭之琬
事業群總經理／黃淑貞
發 行 人／何飛鵬
法律顧問／元禾法律事務所王子文律師
出　　版／商周出版
台北市104民生東路二段141號9樓
電話：(02) 25007008　傳真：(02)25007759
E-mail:bwp.service@cite.com.tw
發　　行／英屬蓋曼群島商家庭傳媒股份有限公司城邦分公司
台北市中山區民生東路二段141號2樓
書虫客服服務專線：02-25007718、02-25007719
24小時傳真服務：02-25001990、02-25001991
服務時間：週一至週五上午09:30-12:00；下午13:30-17:00
劃撥帳號：19863813；戶名：書虫股份有限公司
讀者服務信箱E-mail：service@readingclub.com.tw
城邦讀書花園：www.cite.com.tw
香港發行所／城邦（香港）出版集團有限公司
香港灣仔駱克道193號東超商業中心1F；E-mail：hkcite@biznetvigator.com
電話：(852)25086231　傳真：(852)25789337
馬新發行所／城邦（馬新）出版集團【Cite (M) Sdn Bhd】
41, Jalan Radin Anum, Bandar Baru Sri Petaling,
57000 Kuala Lumpur, Malaysia.
電話：(603) 90578822 傳真：(603) 90576622
Email: cite@cite.com.my

封面設計／日央設計
內頁排版／陳健美
印　　刷／中原造像股份有限公司
經　　銷／聯合發行股份有限公司
地址：新北市231新店區寶橋路235巷6弄6號2樓
電話：(02)2917-8022　傳真：(02)2911-0053

■2020年4月7日初版
定價400元

Printed in Taiwan

城邦讀書花園
www.cite.com.tw
 ISBN 978-986-477-782-2

商周出版

廣 告 回 函
北區郵政管理登記證
北臺字第000791號
郵資已付，免貼郵票

104　台北市民生東路二段141號2樓

英屬蓋曼群島商家庭傳媒股份有限公司城邦分公司　收

請沿虛線對摺，謝謝！

商周出版

書號：BU3101	書名：譯者的難題	編碼：

請於此處用膠水黏貼

商周出版

讀者回函卡

感謝您購買我們出版的書籍！請費心填寫此回函卡，我們將不定期寄上城邦集團最新的出版訊息。

不定期好禮相贈！
立即加入：商周出版
Facebook 粉絲團

姓名：＿＿＿＿＿＿＿＿＿＿＿＿＿＿＿＿ 性別：□男 □女

生日：西元＿＿＿＿＿＿年＿＿＿＿＿＿月＿＿＿＿＿＿日

地址：＿＿＿＿＿＿＿＿＿＿＿＿＿＿＿＿＿＿＿＿＿＿

聯絡電話：＿＿＿＿＿＿＿＿＿＿ 傳真：＿＿＿＿＿＿＿＿＿

E-mail：

學歷：□ 1. 小學 □ 2. 國中 □ 3. 高中 □ 4. 大學 □ 5. 研究所以上

職業：□ 1. 學生 □ 2. 軍公教 □ 3. 服務 □ 4. 金融 □ 5. 製造 □ 6. 資訊
□ 7. 傳播 □ 8. 自由業 □ 9. 農漁牧 □ 10. 家管 □ 11. 退休
□ 12. 其他＿＿＿＿＿＿＿＿＿＿＿＿＿＿＿＿

您從何種方式得知本書消息？

□ 1. 書店 □ 2. 網路 □ 3. 報紙 □ 4. 雜誌 □ 5. 廣播 □ 6. 電視
□ 7. 親友推薦 □ 8. 其他＿＿＿＿＿＿＿＿＿＿＿＿

您通常以何種方式購書？

□ 1. 書店 □ 2. 網路 □ 3. 傳真訂購 □ 4. 郵局劃撥 □ 5. 其他＿＿＿

您喜歡閱讀那些類別的書籍？

□ 1. 財經商業 □ 2. 自然科學 □ 3. 歷史 □ 4. 法律 □ 5. 文學
□ 6. 休閒旅遊 □ 7. 小說 □ 8. 人物傳記 □ 9. 生活、勵志 □ 10. 其他

對我們的建議：＿＿＿＿＿＿＿＿＿＿＿＿＿＿＿＿＿＿＿＿
＿＿＿＿＿＿＿＿＿＿＿＿＿＿＿＿＿＿＿＿＿＿＿＿＿＿
＿＿＿＿＿＿＿＿＿＿＿＿＿＿＿＿＿＿＿＿＿＿＿＿＿＿

請於此處用膠水黏貼